KB007963

삶이 그대를 속일지라도

Александр Сергеевич Пушкин

삶이 그대를 속일지라도

Александр Сергеевич Пушкин

푸쉬킨 서정시집 · 박형규 옮김

써네스트

Александр Сергеевич Пушкин
알렉산드르 세르게예비치 푸쉬킨
1799~1837

• 자화상, 1821년 • 새모양의 푸쉬킨 서명, 1824년

• 푸쉬킨이 공부한 리쎄이 내부 정원

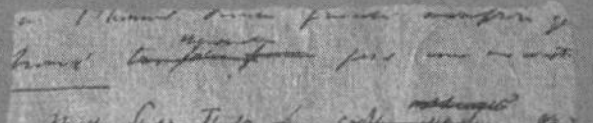

• 『예브게니 오네긴』 제 8장 육필원고

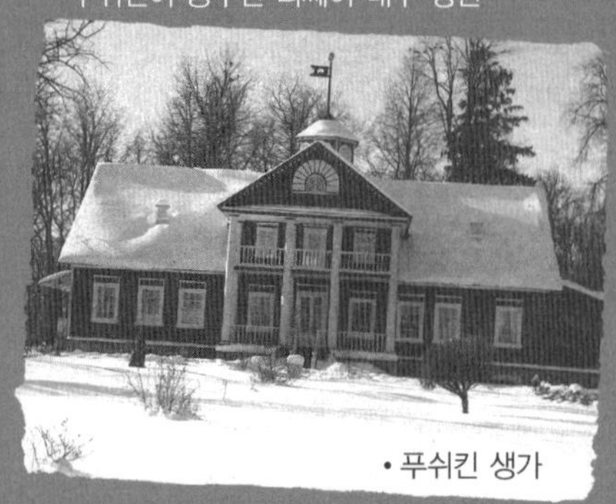

• 푸쉬킨 생가

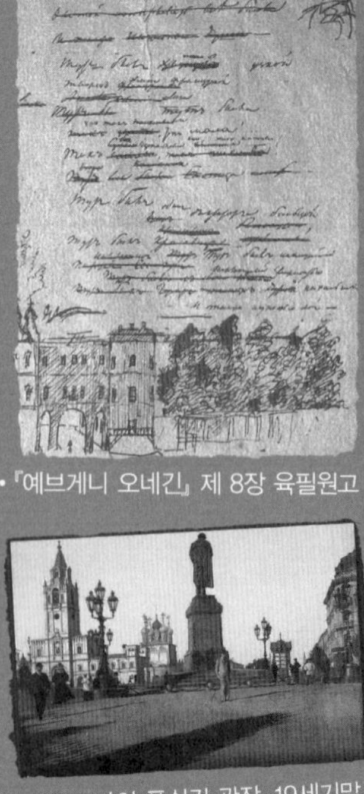

• 모스크바의 푸쉬킨 광장, 19세기말

• 푸쉬킨의 시소설 『예브게니 오네긴』의 오네긴 의자

• 푸쉬킨이 잠들고 있는 푸쉬킨스키예 고르이의 아름다운 자연 경관

• 초상화, 소콜로프 作

• 초상화, 게이트 만 作, 1822

• 데드마스크, 1837

• 고골이 그린 푸쉬킨, 1837

• 초상화, 트로피닌 作, 1827

• '흑해의 푸쉬킨, 아이바조프스키 作, 1868

• '자유로운 시여 안녕',
일리야 레핀 作, 1887

• 푸쉬킨과 당테스의 결투, 나우모프 作, 1884

• 공원의 푸쉬킨, 세로프 作, 1899

• 푸쉬킨의 자화상

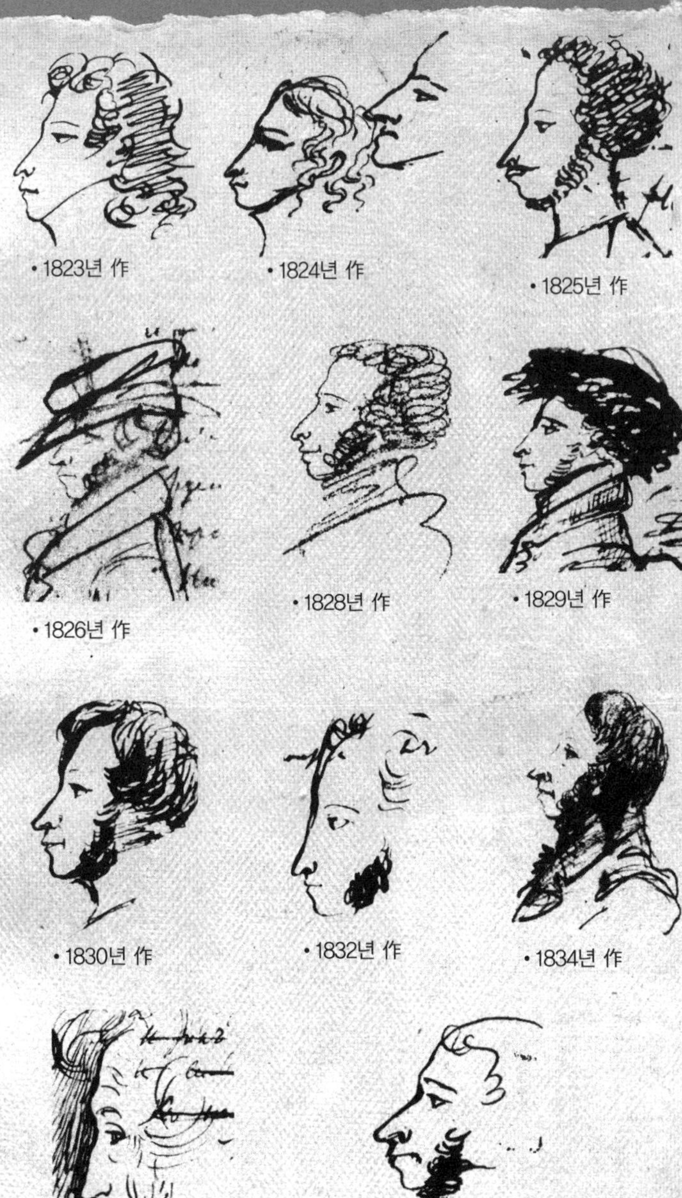

• 1823년 作

• 1824년 作

• 1825년 作

• 1826년 作

• 1828년 作

• 1829년 作

• 1830년 作

• 1832년 作

• 1834년 作

• 1835년 作

• 1837년 마지막 자화상

• 푸쉬킨 육필 원고

• 시 「예언자」에 나온 여섯 날개를 가진 예언자, 미하일 브루벨 作, 1905

• 푸쉬킨의 아내, 나탈리야 니콜라예브나 푸쉬킨, 1831~1832

• 푸쉬킨 탄생 200주년 기념으로 1999년에 나온 1루블 주화

• 푸쉬킨이 그린 자신의 아내, 1833

차례

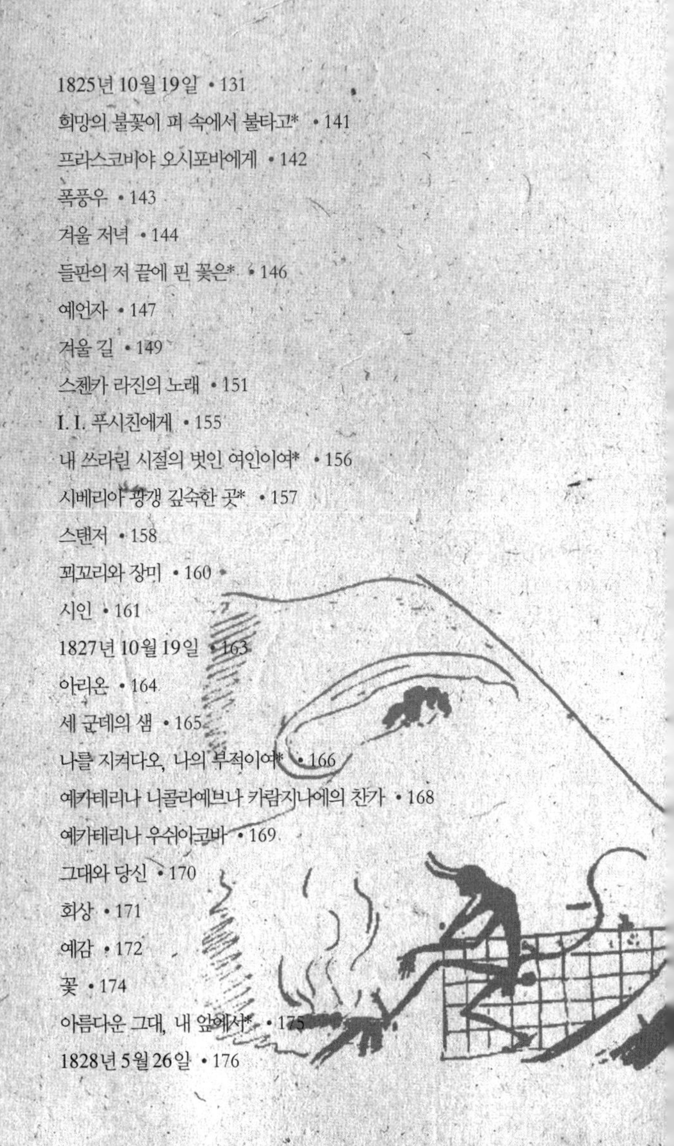

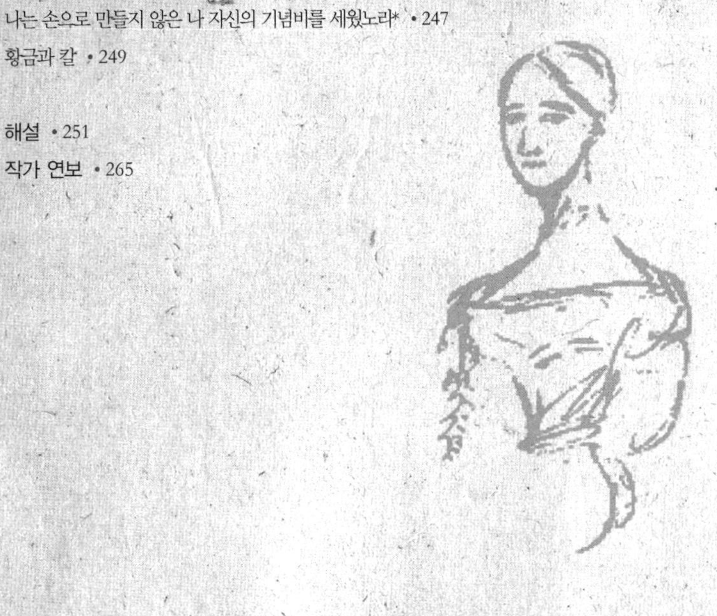

일러두기

1. 이 시집은 푸쉬킨의 서정시를 연대별로 모았다.
2. 러시아어를 포함하여 모든 외국어로 언급된 인명 지명은 외래어표기법(문교부 고시 제85-11호)에 따랐다.
3. 제목이 없는 시의 경우는 시의 첫 행이나 첫 문장을 부호*와 함께 제목으로 표기했으며 조판은 푸쉬킨 특유의 휴지법(休止法)을 따르기 위해서 원본에 따라서 이루어졌다.
4. 모든 작품에는 집필 연도가 수록되었으며, 푸쉬킨 자신의 주석과 옮긴이의 주석을 함께 달아서 시의 이해를 돕도록 했다.

서정시

삶이 그대를 속일지라도
슬퍼하지 마라, 성내지 마라!
설움의 날을 참고 견디면—
기쁨의 날이 옴을 믿어라.

마음은 미래에 사는 것,
오늘은 언제나 슬픈 것—
모든 것은 한 순간에 지나가는 것,
지나간 것은 또다시 그리워지는 것을.

싸르스코예 셀로[1]에서의 회상[2]

조는 듯한 하늘의 둥근 천장에
음울한 밤의 덮개가 드리워졌다,
골짜기와 덤불은 말없는 고요 속에 잠들었고
저 멀리 있는 숲도 허연 안개 속에 있다,
떡갈나무숲 속을 달리는 개울의 졸졸거리는 소리 가까스로 들리고
나뭇잎에 잠든 산들바람 바듯이 숨쉬고
의젓한 백조처럼 조용한 달은
은빛의 구름 속에서 헤엄치고 있다.

여기저기 돌덩이의 산언덕에서 폭포가
구슬의 시내처럼 흘러내린다,

---

1) 페테르부르그 근교에 위치한 푸쉬킨 시의 옛이름(1918년 전까지의). 18세기에 황제가 사냥할 때 휴식처의 구실을 하였던 그다지 크지 않은 한 농가가 표트르 대제의 아내 예카테리나에게 유증된 뒤 그녀를 위하여 축조된 예카테리나궁을 중심으로 1756년 궁궐 앙상블의 건설이 완성됨으로써 형성된 궁궐 도시. 1811년 이곳 예카테리나궁 곁에 고급 국가공무원 양성을 목적으로 선택된 상류 귀족의 자녀들만이 들어갈 수 있는 대학 자격의 비공개 특권 계급 기숙제 남자 고등교육 시설인 리쎄이가 문을 열었으며 푸쉬킨은 이 리쎄이의 첫 졸업생이었다.

2) 이 시는 1815년 1월 18일 리쎄이에서의 진급을 위한 공개 시험 석상에서 낭독되었으며 임석하고 있던 당시 러시아 시단의 노대가老大家 제르자빈에게 격찬을 받고 푸쉬킨은 일약 천재 소년 시인으로 인정받았다.

저곳 잔잔한 호수에서 나이아드[3]들이
　　게으름스럽게 물장구를 치고 있다,
그리고 저곳에서 말없이 거대한 궁궐이
둥근 천장을 의지하여 구름으로 날아오르고 있다.
바로 여기에서 지상의 신들이 평화로운 나날을 보낸 것이 아니었던가?
　　이것이 러시아의 미네르바[4]의 신전이 아닌가?

　　이것이 북녘의 엘리시온 벌판[5]이 아닌가?
　　아름다운 싸르스코예 셀로의 정원,
이곳이 러시아의 힘센 독수리가 사자를 때려눕히고[6]
　　평화와 기쁨의 품속에 잠든 데가 아니던가?
위대한 여인[7]의 권력 밑에서
행복한 러시아가 영광을 누리면서,
정적에 싸여 꽃피고 있던
　　그 황금 시대는 영원히 지나가버렸도다!

---

3) 그리스 신화의 강, 샘, 호수에 사는 아름다운 물의 요정들.
4) 로마 신화의 공예, 예술, 전술, 지혜의 여신
5) 로마 신화의 착한 사람이 죽은 뒤에 사는 세계.
6) 사자는 스웨덴의 국장이고 독수리는 러시아의 국장. 여기에서는 러시아의 승리로 돌아간 러시아 스웨덴 전쟁(1788~1796)를 일컫고 있다.
7) 예카테리나 2세(1729~1796)를 일컫고 있다.

여기에서는 한 걸음 한 걸음이 마음속에
지난 세월의 추억을 낳는다,
한 러시아인이 둘레를 둘러보고 한숨지으며 말한다—
"모든 것은 사라졌다, 위대한 사람은 없다!" 하고,
그리고는 풀이 우거진 강 언덕 위에 말없이 앉아
바람소리에 귀를 기울이면서 깊은 생각에 잠겨 있다.
흘러간 세월이 눈앞에 어른거리며,
넋은 잔잔한 환희에 빠져 있다.

그는 본다, 물결에 둘러싸이고,
이끼가 덮인 단단한 바위 위에
기념비[8]가 솟아 있는 것을. 그 위에
날개를 활짝 펴고 어린 독수리가 앉아 있는 것을.
묵직한 쇠사슬과 뇌화雷火의 화살이
무서운 비신碑身 둘레에 세 겹으로 감겨 있다,
그 기단基壇 둘레에서 흰 바닷물결이 출렁거리면서
찬란한 물거품 속에 가라앉는다.

---

8) 1770년 러시아 터키 전쟁에서 오를로프 제독 지휘 아래 체스메 부근 해전에서 대승한 기념으로 싸르스코예 셀로의 호수 가운데의 한 섬에 예카테리나 2세에 의하여 세워진 기념비.

음울한 소나무의 짙은 그늘에

흩진 기념비[9]가 우뚝 솟아 있다.

오, 까굴[10]의 강 언덕이여, 그것은 너에게 얼마나 수치스러운가!

그리고 소중한 조국에는 얼마나 영광스러운가!

오, 러시아의 거인들이여,

싸움터의 궂은 날씨 속의 전투에서 길러진 그대들은 영원 불멸하다!

예카테리나를 옹호했던 전우들이여,

그대들의 이야기는 자자손손 이어지리라.

오, 거창한 전쟁의 세기여,

러시아인의 영광의 증인이여!

너는 보았노라, 오를로프[11], 루먄쩨프[12],수보로프[13]가,

슬라브인의 무서운 후예들이

제우스의 페룬[14]에 의하여 승리를 움켜쥔 것을,

---

9) 1770년 러시아 터키 전쟁에서 루먄쩨프 장군 지휘 아래 까굴의 프루트 강 강언덕에서 대승한 것을 기념하여 세워졌다.

10) 루마니아의 벳사라비아 지방 프루트 강 강안의 도시.

11) Aleksei Grigorievich Orlov(1734~1807): 러시아의 육군대장.

12) Pyotr Rumiantsev (1725~1796): 러시아의 장군.

13) Aleksandr Suvorov(1729~1800): 러시아의 장군.

14) 슬라브 신화의 번개의 신, 전사의 신.

그 용감한 공적에 세계가 두려워하며 놀란 것을,
제르자빈[15]과 페트로프[16]가 영웅들에게 노래를
　　소리 높이 울리는 리라의 줄로 탔던 것을……
　　잊을 수 없는 세기여, 너는 쏜살같이 달려가버렸노라!
　　그리고 이내 새로운 세기가 본 것은
새로움 싸움, 전쟁의 공포였다,
　　괴로워한다는 것은 인간의 운명이다.
억누를 수 없는 손에 쥐어진 피투성이의 칼은
대관한 차르[17]의 간사한 지혜와 대담함으로 빛났다,
세계의 재앙이 일어나고—그리고 이내 새로운 싸움의
　　무서운 놀이 붉게 타올랐다.

　　적들이 러시아 들판에
　　격류처럼 밀려들어왔다.
그들 앞에는 음산한 황야가 깊은 잠에 빠져 있고,
　　대지는 피로 뭉게뭉게 피어오른다,
평화로운 마을, 도시는 흙먼지 속에 불타고 있고,

---

15) Gavrila Derzhavin(1743~1816): 러시아 고전주의의 대표적 시인.

16) Vasili Petrov(1763~1799): 러시아의 송가시인.

17) 나폴레옹 1세를 가리킨다. 여기에서부터는 그의 러시아 원정과 패배를 노래하고 있다.

하늘은 온통 벌건 놀로 옷을 입었다,
울창한 숲은 도망자들을 숨겨주며,
　　들판에는 놀고 있는 쟁기가 녹슬고 있다.

　　적군은 나아가고 있다—아무런 방해도 받지 않는다,
　　모든 것은 부서지고, 모든 것은 먼지 속에 내던져지고 있다,
벨로나[18]의 죽은 자식들의 창백한 망령들이
　　대기大氣의 군대로 합쳐지면서,
음침한 무덤 속으로 끊임없이 내려가고 있는가 하면
밤의 침묵 속에서 숲을 헤매고 있다……
그러나 외침소리가 울려퍼졌다! 안개가 자우룩한 저 멀리로 나아가고 있다!
　　갑옷과 칼소리가 어지럽다!

　　오, 이종족異種族의 군대여, 두려워하라!
　　러시아의 아들들이 움직였노라,
늙은이고 젊은이고 일어섰다, 그들의 심장은
　　복수로 불타며 건방진 자들 위로 날고 있다.
폭군이여, 떨지어다! 이미 패배의 시간은 가까웠도다!

---

18) 로마 신화의 전쟁의 여신.

너는 한 사람 한 사람의 전사에게서 호걸을 보리라,

그들이 목적한 바는 이기거나 전진戰塵 속에 쓰러지거나이다

러시아를 위하여, 지성소至聖所의 거룩함을 위하여.

분마奔馬는 싸움으로 달아오르고 있고,

골짜기에는 군사들이 널려 있다,

대오隊伍가 대오를 이어 흐르며 군사들은 모두 복수와 영광을 숨쉬고 있다,

환희가 그들의 가슴속을 가로질러갔다.

무서운 술잔치를 향하여 날아가고 있다, 칼의 먹이를 찾고 있다,

보라, 싸움이 활활 타오르고, 여기저기 산언덕 위에서 우렛소리가 천지를 진동시키고,

짙은 대기 속에서 화살이 칼과 함께 날카로운 소리를 내며

방패에 피가 튀긴다.

싸웠다! 러시아인이 승리자이다!

오만한 프랑스인은 뒤로 도망친다,

그러나 하늘의 신은 많은 싸움에서의 강자에게

마지막 빛의 관을 씌웠다,

백발의 전사[19]가 그를 쓰러뜨린 것은 여기가 아닌가,

오, 보로지노[20]의 피비린내나는 들판이여!
광란과 오만에 종말을 가져다준 것은 그대가 아닌가,
만세! 크렘린의 탑 위의 프랑스인여!

모스크바의 변두리여, 정든 고을이여,
흐드러지게 꽃피었던 시절의 샐녘
내가 근심걱정 없이 황금의 시간을,
슬픔과 불행을 모르고 보냈던 곳,
그대들은 그들을, 내 조국의 적들을 보았노라!
그대들을 자줏빛 피가 물들였고 화염이 집어삼켰노라!
나는 그대들과 인생을 위하여 복수를 하지 못했다,
마음만 헛되이 분노로 불타올랐을 뿐이었다!

그대 백개조 결의집[21]의 모스크바의 아름다움이여,

---

19) 미하일 쿠투조프Mikhail Kutuzov(1745~1813) 장군을 일컫는다. 1812년의 대 나폴레옹 조국 전쟁 때 후퇴와 초토 전술로 조국을 위난으로부터 구출한 명장. 보로지노의 전투에서는 패배했으나 모스크바에서 퇴각하는 나폴레옹군을 추격하여 스몰렌스크에서 괴멸시켰다.

20) 러시아의 모스크바 주州 모쥐아이스크 지구의 마을. 1812년 대 나폴레옹 조국 전쟁 때 이 마을 주변에서 벌어진 대회전에서 쿠투조프 장군의 지휘 아래 러시아군은 완강한 영웅적 방어와 능숙한 작전 행동으로 나폴레옹의 러시아군 괴멸 계획을 좌절시키며 그의 군대를 무력화했다. 보로지노 전투는 나폴레옹 1세의 군대가 패배하는 원인이 되었다.

조국의 매력은 어디에 있는가?

옛날 눈에 의젓이 비쳤던 도시가

지금은 모조리 폐허가 되어 있다,

모스크바여, 너의 음울한 모습은 러시아인에게 얼마나 무서운가!

귀족과 황제들의 건물은 사라지고,

화염이 모든 것을 할퀴어버렸는가 하면 여기저기 탑의 관은 보이지 않게 되었고

부자들의 대저택은 쓰러져버렸다.

짙은 그늘이 드리워진 덤불과 정원 속에서

호화로움이 살던 곳,

도금양挑金孃이 그윽한 향내를 풍기고 피나무가 떨던

저기에 지금은 숯덩이와 재와 쓰레기뿐이다.

아름다운 여름 밤의 괴괴한 때

시끌벅적한 소리도 저기로는 날아오지 않고,

강언덕과 맑은 덤불도 이제는 불꽃 속에서 빛나지 않는다.

모든 것은 생기를 잃었다, 모든 것은 침묵하고 있다.

슬픔을 가라앉힐지어다, 러시아 도시의 어머니여,

---

21) 1551년 이반 뇌제의 임석 아래 열린 백개조 제정회의에서 채택된 결의집. 이후로 교회 의식의 통일, 종교 재판 및 수도원에 의한 토지 소유 제한 등이 명문화되었다.

외방인의 파멸을 올려다보라.
지금 그들의 오만한 목 위에
창조주의 복수의 오른손이 무겁게 걸쳐졌다.
한 번 얼른 보라. 그들은 감히 돌아보지도 못하고 도망치고 있다,
그들의 피는 눈 속에서 강물처럼 흐르기를 멈추지 않도다,
도망치고 있다—밤의 어둠 속에서 굶주림과 죽음이 그들을 마중하며
등뒤에서는 러시아의 칼이 쫓는다.

오, 너희들이여, 유럽의 강력한 종족들이
벌벌 떨었던 자들이여,
오, 탐욕스러운 프랑스인들이여! 너희들도 무덤 구덩이에 빠졌노라.
오, 공포여! 오, 뇌성대명雷聲大名이여!
행복과 벨로나의 귀여운 아들인 너,
오만하게도 칼로 제위帝位를 뒤엎으려고 꿈꾸며,
진실의 목소리고 신앙이고 법이고 얕잡아보았던 너는 어디에 있는가?
아침의 무서운 꿈처럼 사라져버렸구나!
파리에 러시아인이 있다! 복수의 횃불은 어디에 있는가?

프랑스여, 고개를 떨구어라.
하지만 어떻게 된 일인가? 러시아인은 화해의 미소를 머금으면서
황금빛 올리브를 들고 다가가고 있는 것이다.
아직도 저 멀리에서는 전쟁의 우렛소리가 천지를 뒤흔들고 있고,
모스크바는 한밤중 어둠 속의 황야처럼 음울한데도,
러시아인은 적에게 파멸이 아닌 구원을,
그리고 지상에 자비로운 평화를 나르고 있다.

전사들의 무서운 대오를 찬미했던
오, 영감을 받은 러시아의 음유시인[22]이여,
동아리 속에서 불타오르는 마음으로
황금의 하프에 굉음을 일으킬지어다!
그러노라면 또다시 가다듬어진 노랫가락이 영웅들을 위하여 흐르고
장중한 현絃은 마음속에 불꽃을 흩뿌려

22) 러시아 낭만주의의 대표적 시인인 바실리 주코프스키Basili Zhukovski (1783~1852)를 일컫는다. 1812년의 대나폴레옹 조국 전쟁에 의용군으로 참가하였으며 타루틴스크 전투를 전후하여 이 시기의 가장 중요한 작품 『러시아 병사들의 병영의 노래꾼』(1812)을 썼다.

젊은 전사는 싸움의 노래꾼의 노랫소리에
　　끓어오르며 몸을 떨리라.

[1814]

나타쉬아에게

여름이 빨갛게 시들어가고,
밝은 나날이 흘러간다,
밤의 졸고 있는 그림자 속에
음산한 안개가 자욱이 끼어 있다,
보리 베기가 끝난 밭은 텅 비어 있고
출랑대는 개울은 차갑다,
무성한 숲은 허예졌고,
하늘은 해쓱해졌다.

나의 빛 나타쉬아여! 그대는 지금 어디에 있는가?
어찌 아무도 그대를 보지 못하는가?
혹은 마음의 벗과 잠시 동안만이라도
지내고 싶지 않기라도 한 것인가?
물결치는 호수 위에서도
피나무의 향기로운 지붕 밑에서도
아침이고 밤이고
나는 그대를 만나지 못한다.

이내 겨울의 추위가
덤불이며 들판을 찾아오리라,
연기가 자욱한 오두막 안에서는

이내 불이 밝게 켜지리라,
나는 그리운 님을 만나지 못하고
답답한 새장 속의 검은방울새처럼
집에 틀어박혀 슬퍼하며
나타쉬아를 생각해내리라.

[1815]

꿈을 꾸는 사람

달은 하늘을 사붓이 걷고 있고
　언덕에서는 어둠이 희뿌옇게 엷어지고 있다,
물 위에는 정적이 떨어지고
　골짜기에는 바람이 불어오고 있다.
봄날의 소리꾼은
　인기척 없는 캄캄한 덤불 속에서 침묵하고 있고
가축의 무리는 들판 가운데서 잠들었다,
　그리하여 한밤은 고요히 깊어가고 있다.

평화로운 안온한 구석방은
　밤이 어슴푸레하게 덮었고,
난로의 불은 꺼져가며
　촛불은 다 탔다.
가신家神들 줄을 지어
　허름한 성상함 속에 서 있고,
창백한 장명등은
　점토제의 가신 앞에서 타고 있다.

한 손으로 머리를 짚고
　깊은 망각에 빠져
혼자 쓰는 침상 위에서

나는 달콤한 생각에 잠겨 있다.
꿈처럼 아름다운 밤의 어둠과 더불어
달빛을 받으며
분방한 꿈이 떼를 지어
활발히 날고 있다.

잔잔하고 차분한 목소리가 퍼지고 있다,
황금의 현이 떨고 있다.
소리 없는 괴괴한 어둠 속에서
꿈을 꾸는 젊은이는 노래를 부르고 있다,
비밀스런 수심에 차
침묵으로 영감을 받으면서
활발한 손으로
활기에 찬 리라 위를 날고 있다.

움막 속에서 기도하며
행복을 기구하지 않는 자는 행복하다!
천둥번개치는 궂은 날씨로부터 지켜줄
수호자를 제우스가 보내어
느긋하게 조용히,
그는 달콤한 잠에 빠진다,

싸움의 무서운 나팔소리도
　그를 깨우지는 못하도다.

쨍그렁거리는 창을 치면서
　호방한 자세로
영광이 멀리서 나를
　피에 젖은 손가락으로 위협하누나,
싸움의 깃발은 휘날리고
　피비린내나는 전투가 달아오르고 있어도—
영광을 구하지 않으리라,
　고요함만이 마음을 매혹하는 것을.

나는 인적 없는 궁벽한 곳에서 평화롭게 의지할 곳을 찾아
　고분고분 나날을 보내고 있다,
신들이 나에게 칠현금을 주었도다,
　시인에게는 더할 나위 없이 값진 선물인 것을.
그리하여 마음 변하지 않는 뮤즈가 나와 함께 있노라,
　여신이여, 그대에게 영광이 있을지어다!
나의 오두막, 황량한 광야는
　그대로 말미암아 아름다워졌노라.

황금 같은 나날의 희미한 아침
　그대는 소리꾼을 그림자로 덮으며
어린 도금양 잎의 관으로
　내 머리를 덮었도다,
그리고 천상의 빛으로 환히 빛나면서
　조촐한 암자로 날아들어와
살짝 숨을 쉬었노라.

오, 나의 젊은 동반자가 되어다오,
　저승의 문에 이를 때까지!
꿈과 함께 내 머리 위를 날아다오,
　가뿐한 날개를 펴고.
어두운 슬픔을 쫓아다오.
　지혜를 흘려다오…… 속임수로,
그리하여 사랑스러운 삶의 밝게 비추는 저 먼 나라를
　안개 너머로 보여다오!

그러노라면 나의 마지막 때가 조용히 찾아오리라,
　그리고 어진 죽음이
문을 두드리면서 속삭이리라.

"밤의 나라로 갈 때이다!"
겨울 저녁 달콤한 잠이
양귀비꽃의 관을 쓰고
나른한 게으름의 지팡이에 몸을 기대어
나의 평화로운 문간을 찾아들듯이…….

[1815]

눈물

어제 난 펀치잔 앞에
　　한 경기병과 함께 앉아
묵묵히 어두운 마음으로
　　저 멀리 길을 바라보고 있었다.

"그래 왜 길을 바라보고 있지?"
　　나의 용사는 물었다.
"다행히 자네는 아직 저 길로
　　벗들을 떠나 보내지 않은 거로군."

고개를 떨구고
　　나는 얼른 속삭였다.
"경기병, 이제 그녀는 나와 함께 있지 않아!"
　　한숨을 짓고, 침묵했다.

눈물이 눈썹에 맺히더니
　　주르륵 와인글라스에 떨어졌다.
"여보게! 자네 처녀를 생각하며 울고 있는 거로군,
　　창피한 줄 알게나!" 그는 소리쳤다.

"알 것 없어, 경기병…… 오! 가슴이 아프도다.

자네는 아마 슬퍼한 적이 없는 거겠지.
아! 한 방울의 눈물로도
와인글라스는 부서지는 것이거늘!"

[1815]

잠을 깸

꿈이여, 꿈이여.
너의 달콤함은 어디에 있느냐?
너는 어디에 있느냐,
너는 어디에 있느냐?
밤의 기쁨이여?
즐거운 꿈은,
꿈은 사라지고
나 혼자
칠흑의 어둠 속에서
나 혼자 깨어 있도다.
잠자리 둘레에는
말 못하는 밤
사랑의 꿈은
한꺼번에
눈깜짝할 사이 식어버렸노라,
눈깜짝할 사이 날아가버렸노라,
아직도 마음은
소망으로 차 있어
꿈의 회상을 쫓고 있도다.
사랑이여, 사랑이여
간청에 귀를 기울여다오—

나에게 새로이 보내다오
나의 곡두를,
그리하여 이른 아침
새로이 꿈에 도취되어
깊은 잠에 빠진
나로 하여금 죽게 하라.

[1816]

벗들에게

신은 그대들에게 또한 주었노라
황금의 나날과 황금의 밤을,
애틋한 처녀들의 주의 깊은 눈들이
그대들에게 쏠려 있도다.
놀지어다, 노래부를지어다, 오 벗들이여!
덧없는 이 밤을 마음껏 지낼지어다,
눈물어린 눈으로 미소 지으며
나는 그대들의 근심걱정 없는 기쁨을 지켜보리라.

[1816]

소리꾼

그대 들어보았는가, 깊은 밤 숲속에서
사랑 노래, 제 슬픔의 노래 부르는 소리꾼의 목소리를?
한밤중 들판이 잠든 시간,
우울하고 조용한 피리소리
그대는 들어보았는가?

그대 만나보았는가, 숲의 황량한 어둠 속에서
사랑 노래, 제 슬픔의 노래 부르는 소리꾼을?
그대가 본 것은 눈물 자국인가 미소였는가,
아니면 우수 가득 어린 잔잔한 시선,
그대는 마주쳤던 것인가?

그대 한숨지어본 적 있는가, 사랑 노래, 제 슬픔의 노래 부르는
소리꾼의 조용한 목소리 들으면서?
숲속에서 젊은이를 만나,
식어버린 두 눈, 시선과 마주쳤을 때
그대 한숨지어본 적 있는가?

[1816]

소망

나의 나날은 천천히 흘러가도다,
한 순간마다 음울한 마음속에서는
불행한 사랑의 슬픔이 번지고
광기의 꿈은 모두 안절부절못하는구나.
하지만 나는 침묵하리라, 나의 투덜거림은 들리지 않도다,
나는 눈물을 흘린다, 눈물은 나에게 위안인 것을,
우수에 사로잡힌 나의 넋은
그 속에서 쓰라린 즐거움을 찾는다.
오, 생명의 시간이여! 날아가거라, 너를 섭섭해하지 않으리니,
어둠 속에서 사라지려무나, 허망의 곡두여,
내 사랑의 괴로움은 나에게 소중한 것—
설사 죽는 한이 있더라도, 하지만 사랑하면서 죽게 할지니라!

[1816]

그녀에게

엘리비나, 사랑하는 벗이여, 이리 와다오, 나에게 손을 내밀어 다오.

나는 시들어가고 있나니 고단한 인생의 꿈을 멎게 해다오.

어때, 사랑하는 사나이는 오래 헤어지도록

운명지어져 있나 보지?

과연 이제는 서로 보지 못하게 되는 걸까?

혹은 영원한 어둠이 나의 나날을 덮고 있기라도 한 것은 아닌지.

과연 이제는 아침이 사랑의 포옹을 하고 있는 우리들을

발견하지 못하게 되는 걸까?

엘리비나, 왜 밤이 깊은 시간에

나는 그대를 즐겁게 그러안을 수 없는 것인가,

귀여운 여인에게 애련함으로 가득 찬 눈을 돌릴 수 없는 것인가,

격정으로 가슴을 두근거리게 하지 못하는 것인가?

무언의 기쁨, 쾌락의 황홀함 속에서

그대의 달콤한 속삭임, 가라앉은 신음소리에 귀를 기울일 수 없는 것인가,

수수한 어둠 속에서 잠을 깨는 안락함을 위하여

귀여운 여인 곁에서 포근히 잠들 수 없는 것인가?

[1817]

이별

고적한 집에서 마지막으로,
우리 가신家神은 내 시에 귀를 기울인다.
　　　　학생 시절의 다정한 형제여,
나 그대와 마지막 술잔을 나누도다.
　　　　함께했던 날은 지나가고,
　　　　진실했던 우리 만남은 흩어졌노라.
　　　　　안녕! 하늘이여 보살펴주소서,
　　　　　다정한 벗이여, 자유와 아폴론과는,
　　　　　그래도 헤어지지 말자꾸나!
　　　　　내 모르는 사랑, 네가 알게 된다면,
　　　　희망, 환희, 열광의 사랑을—
　　　　그러면 너의 나날들 꿈결인 듯
　　　　고요한 행복 속에 흘러갈 터이니!
안녕! 나 어디 있어도—죽음을 건 결전의 포화 속이거나,
고향 마을 평화로운 시냇가 그 어디에 있더라고,
　　　　나는 우리 고결한 우정을 믿고 있을 걸세.
그러니 부디(운명이 내 기도를 들어줄는지 모르지만?),
부디 그대 모두들, 모든 벗들 행복할지로다!

[1817]

장미

나의 벗이여,
우리들의 장미[1]는 어디에 있는가?
노을의 아들,
장미는 시들었다.
말하지 말아다오—
젊음도 그리 시드노라고!
말하지 말아다오—
인생의 기쁨도 그러노라고!
꽃에 말하라—
안녕이라고, 가여워하노라고!
그리고 나리꽃[2]을
우리들에게 가리켜 보이라.

[1817]

1) 장미는 한 순간의 기쁨을 상징한다.
2) 나리꽃은 깨끗함을 상징한다.

자유[1)]

송시

도망쳐라, 퀴테라 섬의 연약한 황후[2)]여,
황제의 눈을 피해!
너는 어디에, 너는 어디에 있는가, 황제들이 두려워하는
도도한 자유의 찬송자여?
어서 오라, 와서 내 머리에서 화관花冠을 벗겨내고,
감미로운 비파를 부수어다오……
원하노니, 세상을 향해 자유를 노래하고,
왕들의 악덕을 처단하기를,

자유, 그대가 영예로운 재앙 속에서
용감한 찬송가를 불어넣은
그 명성 높은 프랑스인[3)]의
고결한 흔적을 내게 보여다오.
경박한 운명의 사도들이여,
세계의 독재자들이여! 두려움에 몸을 떨라!

---

1) 이 작품은 라지시체프Radishchev의 같은 제목의 시를 본떠 씌어졌다고 하며 몰래 필사되어 유포되었다. 1820년 5월 푸쉬킨은 이 작품을 유포한 혐의로 남러시아로 추방당했다.

2) 그리스 신화의 올림푸스 12신 가운데 한 신인 사랑과 아름다움과 풍요의 여신 아프로디테를 말한다. 그리스의 퀴테라 섬에 이 여신의 신전이 있다.

3) 프랑스 낭만주의의 혁명 시인 앙드레 쉐니에André Chénier(1762~1794)를 일컫는다.

그리고 그대들, 엎드린 노예들이여,
용기 내어 그 노래 새겨듣고 떨쳐 일어나라!

아아! 눈길을 어디에 두어도
어디서나 채찍과 족쇄들,
법에 대한 치명적인 모독,
굴욕스런 무력한 눈물들이 보이고,
불의의 권력은
선입견들의 농밀한 안개 속에
즉위하였네, 노예제의 무서운 천재
타고난 명예욕의 화신이.

다만 황제의 머리 위 저곳에서만
민중들은 박해를 받지 않았지,
그곳은 신성한 자유와 위력적인 법이
굳게 결합되어 있는 곳,
그곳은 강고한 법의 방패가 모두를 막아서는 곳,
그곳은 시민들의 억센 손으로 움켜쥔
법의 칼날이 머리 위로
가리지 않고 내리치는 곳.

권력의 만행은
정의의 휘두름에 무너지리,
법의 손길이 욕심쟁이의 인색함으로도
공포로써도 매수되지 않는 그곳에서는.
군주들이여! 그대들에게 화관과 왕관을 준 것은
법이지, 자연이 아니다,
그대들은 민중 위에 서 있지만
영원한 법은 그대들 위에 있노라.

슬프노니, 사람들이 슬프노니,
법이 방심하여 졸고 있으니,
민중이나 황제, 그 아무나
법을 멋대로 행사할 수 있으니!
내 그대를 증인으로 세우리니
얼마 전 폭풍우의 소란 속에 선조들을 위해
제 목숨을 잃은
오, 영예로운 실수의 순교자[4]여.

루이 왕은 죽음으로 올라간다

---

4) 1789~1793년의 프랑스 혁명 때 처형당한 루이 16세를 일컫는다.

말없는 자손들을 염두에 두고
왕관을 빼앗긴 머리를
유혈의 반역의 단두대에 들이댔다.
법이 침묵한다—민중이 침묵한다,
사악한 도끼가 떨어진다……
그리고 죄악에 찬 홍포紅袍[5]는
속박당한 프랑스인들 위에 놓인다.

전제 정치의 악인이여!
그대를, 그대의 왕관을 나는 혐오한다.
그대의 파멸, 후손들의 죽음을
내 잔혹한 기쁨 가지고 보노라.
사람들은 그대 이마에서
민중의 저주의 낙인을 읽노라.
그대는 세상의 공포, 자연의 치욕,
그대는 신에 대한 지상의 모독.

어두운 네바 강 위에
한밤의 별 반짝이고

---

5) 프랑스 혁명의 승리를 망친 나폴레옹 1세의 전제 정치를 말한다.

평안한 꿈이
근심걱정 없는 머리 속을 흐를 때,
사색에 잠긴 가객이
안개 속에 무서운 형상으로 잠자는
황량한 독재자의 기념비,
망각 속에 던져진 궁전[6]을 바라본다—
그리고 클리오[7]의 괴기스런 목소리가
괴괴한 이 벽 뒤에서 들려온다.
칼리굴라[8]의 최후를
그는 눈앞에서 생생히 바라본다,
그는 바라본다—살해자들 휘장과 훈장 두르고
술과 악행에 탐닉하여
얼굴에는 난폭함, 가슴에는 공포심을 품은 채
걸어가고 있는 모습을.

배반한 보초는 침묵하고

---

6) 알렉산드르 황태자의 궁정 쿠데타로 미하일로프스키 성에서 암살당한 파벨 1세 (1754~1801)를 일컫는다.

7) 그리스 신화의 역사의 신.

8) 로마 제 3대 황제(서력 12~14년)로서 최대의 폭군 중 한 사람으로 역시 암살당했다. 파벨 1세를 빗대어 이렇게 일컫고 있다.

올라가 있던 다리 소리 없이 내려와
문들이 밤의 어둠 속에 열린다.
매수된 배반자의 손에 의해……
오, 부끄럽도다! 우리 시대의 두려움이여!
짐승처럼 친위병들이 덮쳤다!
굴욕의 타격이 가해졌다……
왕관 쓴 악인은 죽었노라.

황제들이여, 이제 배우라—
형벌과 포상,
감옥과 제단, 그 어느것도
그대들의 믿음직한 방책이 되지 못함을.
미더운 법의 보호 아래
먼저 고개 숙이라,
민중의 자유와 평안이
왕관의 영원한 보초가 되리라.

[1817]

잘 있거라,
마음 변하지 않는 떡갈나무숲이여[1]*

잘 있거라, 마음 변하지 않는 떡갈나무숲이여!
잘 있거라, 근심걱정 없는 들판이여,
쏜살처럼 흘러간 나날의
덧없는 즐거움이여!
잘 있거라, 트리고르스코예 마을이여, 그토록
기쁨이 나를 맞아주었던 곳이여!
그대의 달콤함을 안 내가
어찌 그대를 영원히 버리리요?
나는 추억을 품고 그대를 떠나지만,
마음은 그대에게 남겨놓으리라.
어쩌면 그것은 달콤한 꿈일는지도 모른다!
나는 그대의 들판으로 돌아오리라,
울창한 피나무 아래로 찾아오리라, 다정한 자유,
기쁨, 아름다움과 지혜의 벗인 나는
트리고르스코예 마을 언덕의 비탈을 찾아오리라.

[1817]

---

1) 1817년 7월 리쎄이 졸업 뒤 푸쉬킨은 어머니의 소유지인 미하일로프스코예 마을로 떠났다. 여기에서 그는 여지주인 오시포바 여사가 딸들과 함께 살고 있는 인접 소유지 트리고르스코예 마을로 찾아가곤 했다. 이 시는 푸쉬킨이 페테르부르그로 떠날 때 씌어졌다.

골리쓰이나 공작 부인[1]에게

송시 「자유」를 바치면서

나는 자연의 꾸밈없는 아들,
그래서 나는 찬양하곤 하였소
아름다운 자유의 꿈을,
그리고 그것을 달콤하게 숨쉬곤 하였소,
하지만 나는 당신을 보았습니다, 당신을 지켜보았습니다,
그러자 어떻게 된 것인가? 여린 자여!
나는 영원히 자유를 잃고
진심으로 얽매임을 뜨겁게 사랑하게 되었습니다.

[1817]

1) 예브도키야 골리쓰이나 공작 부인은 당시 가장 뛰어나고 교육을 많이 받은 사교계의 꽃으로 푸쉬킨은 그녀에게 호감을 갖고 1817년부터 1820년까지 그녀의 정치적 살롱에 부단히 드나들었다.

대주교가 자기 과수원의 과일을 보낸 오가료바[1] 여사에게

뻔뻔한 거드름쟁이 주교가
자기 과수원의 과일을 그대에게 보내어
다분히 우리들에게 믿게 하고자 했소,
그 자신이 과수원의 신[2]이라고 함을.

그렇다고 당신은 조금도 놀랄 것은 없소—카리테스 여신들이
미소로 노망한 대주교의
마음을 사로잡아 넋을 잃게 하며
그의 몸 안에서 번뇌의 불길이 일게 할 것이외다.

황홀한 그대의 눈길과 마주치면
그는 그만 십자가고 뭐고 잊고
그대의 천사 같은 아름다움에 바치는
기도를 부드러운 목소리로 노래할 것이오.

[1817]

---

1) 당대의 대작가 니콜라이 카람진Karamzin의 집에서 만난 문학적 소양이 높은 엘리자베타 세르게예브나 오가료바Elizdbet Sergeevna Ogareva(1786 ~1870).
2) 고대 그리스의 포도밭, 과수원의 신이자 번식과 애욕의 신 프리아포스를 말한다.

차다예프[1]에게

사랑과 희망과 덧없는 명예의 기만은
잠시 동안 우리들을 황홀케 하였으나,
젊은 날의 위안은
꿈처럼 아침 안개처럼 사라져버린다.
그러나 우리들 가슴속에는 아직도 욕망이 타오른다,
파멸로 이끄는 권력의 압제 밑에서
참을 수 없는 마음을 애태우며
조국의 부름에 귀를 기울이자.
우리는 기대의 괴로움 속에
신성한 자유의 순간을 기다려야 한다.
마치 젊은 연인이
진실한 재회의 순간을 기다리듯이.
우리가 자유에 의해 불타고 있는 동안은,
명예를 위한 심장이 살아 있는 동안은,
친구여, 영혼의 아름다운 충동을
조국에 바치자!
친구여, 믿게나—
마음을 사로잡는 행복의 별이 떠오르고,
러시아는 잠에서 깨어나리라,

1) Pyotr Chaadaev(1794~1856): 철학자이자 작가로 『철학서간』(1836)의 저자. 12월당의 전신인 복지 동맹에 참가했으며, 푸쉬킨이 존경하던 벗이다.

그리하여 절대 권력의 파편 위에
우리들 이름이 적혀지리라!

[1818]

마을[1)]

인가 없는 내 작은 집, 내 그대를 반기네,
평안과 노동, 영감의 은둔지,
행복과 망각의 품속에
　　　내 인생의 나날들 눈에 안 보이게 흘러갔던 곳.
나는 그대의 것, 한때는
평화로운 떡갈나무 서걱이는 소리, 들판의 정적
유유자적, 사색의 친구를 버려두고,
죄악의 궁전, 사치스런 잔치, 유희, 착각을 택하였다.

　　　나는 그대의 것, 신선함과 꽃이 있는
　　　어두운 이 정원을 사랑한다,
향기로운 마른 풀들 여기저기 자라 있는 이 초원,
그곳 관목들 사이로 투명한 시냇물이 졸졸 흐른다.
내 앞에는 여기저기 그림들이 스쳐지나는데—
여기에 감청색 평원 같은 두 개의 호수가 보이고,
고깃배들 때때로 하얀 무리 이루어 가득하고,
그 뒤로는 구름과 밭이 여기저기에 가지처럼 뻗어 있다.
　　　저 멀리 산재한 농가들,

---

1) 이 시는 1819년 여름 어머니의 소유지 미하일로프스코예 마을에서 씌어져 많은 사람들의 필사로 몰래 유포된 것이다. 1870년에야 처음으로 러시아에서 완전히 발표되었다.

습기찬 해안에 노니는 가축떼,
연기가 피어오르는 곡식 건조장과 풍차 제분소,
　　　이곳저곳에는 만족과 노동의 자국들…….

나 여기 덧없는 세상의 사슬에서 해방되어
배우노니, 진리 속에서 지고의 행복 찾아내고
자유로운 정신으로 법을 숭배하는 것을,
계몽되지 않은 무리의 투덜거림에 귀기울이지 않고
수줍어하는 애원에 동정으로 답하는 것을,
　　　그리고 그릇된 위엄에 젖어 있는
악인 혹은 우인愚人의 운명을 부러워하지 않는 것을.

수백 년의 예언자들이여, 내 여기서 당신들께 여쭈노라!
　　　벽지에 외로이 있노라면 당신들의 위안의 목소리
　　　위엄 있게 들려온다.
　　　그 목소리 나태의 우울한 꿈을 몰아내고
　　　내 마음에 노동의 열의를 솟게 한다,
　　　그리고 당신들의 창조적인 생각은
　　　내 영혼 깊은 곳에서 여물어가고 있노라.

하지만 무서운 생각이 다시 정신에 어둠을 드리운다—

꽃이 피는 밭과 산들 사이에서
인류의 벗은 슬프게 지적하노니
여기저기에 무지의 파멸적인 치욕이 있음을.
눈물도 못 보고 신음소리도 듣지 못한 채
사람을 파멸하도록 천명天命으로 선택받은
야만스런 지주와 귀족의 무리는, 감정도 없이 법도 없이
강압의 곤장으로
농부의 노동도, 재산도, 시간도 모두 약탈해간다.
남의 쟁기에 매달리고 채찍에 몸을 맡기면서
초췌한 노예들은 몰인정한 지주의 밭고랑을
발을 질질 끌며 걸어간다.
이곳의 모든 이들은 고된 멍에를 무덤까지 끌고 간다,
희망이며 취미는 언감생심 생각하지도 못한 채,
이곳의 젊은 처녀들은
냉혹한 악인의 변덕을 위해 꽃을 피우고 있다.
늙어가는 아버지가 의지할 사랑스런 기둥,
어린 자식들, 근로의 동무들은
지주네 집에서 시달림을 당한 노예의 무리를 불리려
정든 고향 마을의 초가집에서 걸어나온다.
오, 내 목소리로 사람의 심장 뒤흔들 수 있다면!
어이하여 내 가슴엔 헛된 열화만이 솟아오르고

천둥 같은 웅변의 재주 하늘은 내게 주지 않은 것일까?
오, 벗들이여! 미래에는 보게 될까, 민중이 박해에서 벗어나고
황제의 뜻으로 농노 제도가 없어지는 것을.
그리하여 자유가 꽃피는 조국의 하늘에
마침내 찬연한 여명이 솟아오르는 것을?

[1819]

한낮의 천체는 스러지고[1)]*

　　한낮의 천체는 스러지고,
푸른 바다 위로 저녁 안개 내려앉았다.
　　펄럭여라, 온순한 돛이여.
배 아래서 물결쳐라, 음울한 태양이여.
　　저 멀리 보이는 해안
한낮 대지의 매혹스런 바닷가,
내 마음 흥분과 애수 안고 그리로 향하고 있다,
　　추억에 흠뻑 취하여……
두 눈에 다시금 눈물이 솟아나옴을 느낀다,
　　마음은 들끓다가 일순 멎는다,
낯익은 꿈이 주위를 선회한다,
떠오르는 과거의 기억들, 무분별한 사랑,
고통받은 모든 일, 즐거웠던 모든 일,
희망과 기대에 속아 괴로웠던 나날들……
　　펄럭여라, 온순한 돛이여. 펄럭여라,
배 아래서 물결쳐라, 음울한 대양이여.
배야, 날아서 저 먼 곳으로 나를 데려다다오
속이기 잘하는 바다의 험악한 변덕을 따라,
　　다만 안개 낀 조국

1) 남러시아로 추방당한 뒤의 작품. 추방당한 뒤의 시인의 어둡고 우울한 기분이 담겨져 있다.

슬픈 해안으로는 데려가지 말아다오,
불 같은 열정으로
처음으로 감정이 타올랐던 나라,
뮤즈들이 은밀히 부드럽게 미소짓던 곳,
하지만 그도 잠시 폭풍우 속에서
내 잃어버린 젊음 시들어버린 곳,
들떠 있는 기쁨이 나를 속이고
식어버린 가슴이 고통받았던 곳.
새로운 감명의 탐구자인,
나 그대를 피해 달아났네, 조국 해안이여,
나 그대를 피해 달아났네, 쾌락의 사도들이여,
젊은 시절 한 순간 한때의 동물들아
그대들은 나의 평안, 영광, 자유, 영혼을
희생시켜 사랑 없이 헌신하였던
그릇된 착각의 요녀들,
젊은 배신자들, 내 그대들을 잊었노라,
내 청춘의 소중한 미지의 여자 친구들이여,
내 그대들을 잊었노라…… 하지만 예전의 가슴의 상처,
사랑의 깊은 상처는 조금도 치유되지 않았다……
펄럭여라, 온순한 돛이여. 펄럭여라,
배 밑에서 물결쳐라, 음울한 대양이여……. [1820]

포도

발빠른 봄과 더불어 시들어버린
장미를 아쉬워하지는 않으리라.
산기슭에서 덩굴에 매달려 익은
포도 송이도 귀엽노라,
풍요로운 골짜기의 미녀,
황금빛 가을의 기쁨,
숫처녀의 손가락인 양
갸름하고 투명하구나.

[1820]

기다랗게 늘어선 흐르는 구름 엷어지고[1)]*

기다랗게 늘어선 흐르는 구름 엷어지고,

슬픈 별, 저녁 별!

네 빛이 메마른 평원,

졸고 있는 만灣, 검은 바위 머리를 은빛으로 만들었도다.

하늘 멀리 네 희미한 빛을 사랑하노라,

그 빛은 내 속에 죽어 있던 사고들을 일깨웠도다—

기억하노라, 이제는 친숙해진 천체天體,

평화로운 나라 그 위에 솟아오른 너의 출현을,

평화로운 나라, 그곳은 가슴에 와 닿는 모든 것이 온화롭고,

가지런한 백양나무 골짜기 울창한 곳,

우아한 도금양과 검은 측백나무가 졸고,

한낮의 파도가 즐거이 철썩이는 곳.

예전에 그곳 산속에서 바다를 가슴 가득 생각하며,

지루한 사색의 세월을 보냈었다.

초막에 밤의 장막 밀려올 때—

젊은 아가씨도 안개 속에 너를 찾았었다,

자기 친구들에게 이름을 얘기해주면서. [1820]

---

1) 이 시는 크림의 인상에 바쳐진 앙드레 쉐니에 류類로 쓴 몇 편의 시 가운데 한 편이다. 카멘카에서 씌어진 이 시는 첫 몇 행은 카멘카가 있는 티아스민 강의 바위가 많은 강언덕이 묘사되어 있고 마지막 세 행은 전기적 내용을 담고 있다.

네레이드[1]

타브리다[2]의 바다 언덕에 입맞춤하는 녹색의 물결 한가운데서,
아침놀 속에서 나는 네레이드를 보았다.
나무 사이에 숨어 나는 가까스로 숨을 토할 수 있었다—
밝은 물 위로 반여신인 네레이드는 백조처럼
젊은 하얀 가슴을 들어올리고
머리털에서 흘러내리는 물거품을 짜고 있었다.

[1820]

1) 크림의 인상이 투영되고 있는 시. 네레이드는 그리스 신화의 바다의 여신의 하나.
2) 1783년 러시아에 합쳐진 뒤의 크림 반도의 이름.

・・・에게

왜 불길한 생각으로
때아닌 지루함을 품는가,
왜 소심한 우수에 잠겨
피할 수 없는 이별을 기다리는가?
고통의 날은 이미 다가와 있도다!
텅 빈 들판의 정막 속에서
그대는 혼자 잃어버린 날의
회상을 불러내리라.
불행한 자여, 그때에 그대는 비록
처녀의 말을 한마디만일지라도 들을 수 있다면,
그 발걸음의 가벼운 소리만일지라도 들을 수 있다면
유배流配고 무덤이고 아랑곳하지 않으리라.

[1820]

단검[1)]

불사不死의 네메시스 손에 쥐어주려고.
람노스의 신이 너를 단련시켰노라,
징벌의 단검을 쥐고 숨어 있는 자유의 파수꾼,
치욕과 모멸을 처단할 최후의 심판관.

제우스의 천둥소리가 침묵하는 곳, 법의 칼날이 졸고 있는 곳에서,
저주와 희망의 실행자인 너,
너는 왕관의 보호를 받으며,
반짝반짝 빛나는 제복 아래 숨어 있다.
지옥의 빛처럼, 신들의 번갯불처럼,
무언의 칼날이 악인의 두 눈에서 반짝이면,
술자리 한가운데 선 그는
이리저리 두리번거리며 떨고 서 있다.

---

1) 이 시가 씌어진 직접적 동기는 1820년 독일의 한 대학생 카를 루드비히 잔트(1795~1820)가 독일의 러시아 정부 비밀 첩자였던 반동적 독일 작가 아우구스트 코체부에August von Kotzebue(1761~1820)를 암살하고 사형당한 사건으로, 푸쉬킨은 그리스 신화, 고대 로마 제국의 케사르의 암살, 프랑스 혁명 · 암흑 시대의 정치인 마라Jean Paul Marat(1743~1793)의 우국지사인 소녀 샤를로트 코르데에 의한 암살 등을 빗대어 정치적 투쟁의 수단으로써 살인을 찬미하고 있다.

예기치 않은 너의 내려침은 어디서나 그를 찾아내리라—
뭍이거나 바다, 신전, 천막 아래.
　　　　비밀스럽게 잠겨진 자물쇠 뒤,
　　　　잠자리, 가족의 품 그 어디서나.

성스런 루비콘 강은 케사르 발 아래서 철썩이고,
강대한 로마는 쇠락하여 법은 머리를 떨구는데,
　　　　그러나 자유를 사랑하는 부루투스 드디어 일어섰다—
그대는 케사르를 죽였지—그리하여 죽은 그는
　　　　거만스런 폼페이우스 대리석상을 껴안는다.

반락의 권속眷屬은 악의 서린 고함소리를 질러댄다,
　　　　참수당한 자유의 시체 위에,
　　　　경멸스럽고 음침한 피투성이의
　　　　추악한 사형 집행인이 올라선다.

파멸의 사도는 지친 아이타 신에게
　　　　손가락으로 희생의 제물을 지정해주었으나,
　　　　하늘의 법정은 그에게
　　　　그대와 에우메니데스 아가씨를 보냈지.

오, 정의로운 젊은이, 선택받은 자여,
오, 잔트여, 그대의 생애,
단두대 위에서 사라져갔으나 성스런 선행의 소리는
주검 속에 남아 있다.

그대는 그대의 독일에서 불멸의 어둠 되어,
악의 세력에 재앙으로 위협하고—
장엄한 무덤 위에는
단검이 비명碑銘 없이 빛나고 있다.

[1821]

예전엔 희망도 가져보았지만*

예전엔 희망도 가져보았지만
이제는 식어버린 꿈들.
남은 건 다만 가슴속 공허함의 결실,
괴로움뿐.

잔혹한 운명의 폭풍우에
꽃피던 나의 화관花冠은 시들고,
비참히 홀로 지내며,
언제나 죽음이 올까 기다린다.

그리하여 사납게 몰아오는 겨울 바람소리 들리듯,
뒤늦은 추위에 얼어붙은 나,
헐벗은 나뭇가지에 때 놓친 한 잎 잎사귀처럼
홀로 떨고 서 있다.

[1821]

나는 이제 침묵하리라*

나는 이제 침묵하리라! 그러나 만일 슬픔의 날에
생각이 깊은 연주가 나의 노래에 대답한다면,
그러나 만일 젊은이들이 묵묵히 나의 노래에 귀를 기울이면서
내 사랑의 오랜 고뇌에 놀란다면,
그러나 만일 그대 자신이 감동에 몸을 맡기고
조용히 슬픈 노래를 되풀이하여 읊으며
내 가슴의 뜨거운 말을 사랑한다면,
그러나 만일 내가 그립다면—오, 귀여운 여인이여,
내 칠현금의 이별의 가락을
아름다운 연인의 소중한 이름으로 격려해다오.
죽음의 꿈이 나를 영원히 그러안을 적에
내 무덤 위에서 감동과 함께 말해다오—
그는 나에게서 사랑을 받았노라고, 그는 나에게서
노래와 사랑의 마지막 영감을 얻었노라고.

[1821]

젊은이의 무덤

……그 모습을 감추었도다,
사랑과 여가의 놀이로 자란 정다운 젊은이인 그는,
그는 깊은 잠과
조용한 무덤의 한기로 둘러싸여 있다……

봄날 나무 그늘에서
원을 그리며 마음껏 빙빙 돌며 춤추고 있는
처녀들의 유희를 사랑하였다,
그러나 지금 신바람나게 추고 있는 윤무 속에서는
그의 노래는 들리지 않는다.

아주 오래 전이었지, 늙은이들은
그의 발랄한 명랑함에 반하여
어딘지 슬픈 듯한 미소를 띠고
서로들 말하고 있었다—
"우리들은 윤무를 사랑하였지,
우리들의 지혜도 빛났었고,
하지만 세월은 덧없이 흐르고
자네도 지금의 우리 처지가 될 거야.
우리들이 그렇듯, 오, 장난기 많은 이승의 객이여, 자네도 샐녘이 차가울 거야.

지금 놀게나……" 그러나 늙은이들은 살아 있고,

그는 한창 나이에 시들어버렸다,

그가 없어도 벗들은 요란한 술잔치를 벌이고 있다,

어느새 마음에 드는 다른 벗들을 찾아내어.

젊은 처녀들의 이야기 가운데서도 거의 이름은

이제는 드물게, 아주 드물게, 아주 드물게밖에 입에 오르내리지 않는다.

지난날 처녓 적 그를 사랑했던 사랑스러운 유부녀들 가운데서

어쩌면 딱 한 사람만이 눈물을 흘리며

사라져버린 기쁨의 기억을

여느 생각으로 불러낼는지도 모른다……

어쩌자고?

맑은 물 위

해묵은 덤불 속 비스듬히 기운 십자가 밑에

단란한 가족들처럼

무덤들이 옹기종기 숨어 있다.

큰 길 가장자리의

해묵은 피나무가 수선거리고 있는 데에

마음을 뒤숭숭하게 하는 불안을 잊고

우리의 가련한 젊은이가 잠들어 있다.

아침놀이 덧없이 빛나고 있고
달은 하늘을 건너고 있다,
무정한 무덤 둘레에서는
개울이 졸졸 흐르며 숲이 속삭이고 있다.
바구니를 든 한 아름다운 처녀가
아침에 쓸데없이 산딸기를 따러 가 차가운 샘물에
소심스레 발을 담근다—
평화로운 무덤에서
젊은이를 불러내는 것은 아무것도 없다.

[1821]

오비디우스[1]에게

오비디우스여, 나는 조용한 해변가에서 살고 있소,
조국의 쫓겨난 신들을
언젠가 그대가 데리고 왔고 자기 주검의 재를 남겨놓은 곳.
그대의 우울한 울음소리가 이곳을 기렸으며
칠현금의 부드러운 울림은 아직 벙어리가 되지 않았고,
이 고장은 아직 그대의 소문으로 꽉찼소.
당신은 내 상상 속에 생생히 새겨놓았소,
어두운 황야, 시인의 유배 생활,
안개 낀 하늘, 여느 눈,
단시간의 더위로 따뜻해진 풀밭을.
얼마나 자주 음울한 금선의 가락에 끌려
나는 진정으로, 오비디우스여, 그대의 뒤를 따랐던가!
나는 물결의 노리개 같은 그대의 배를,
잔인한 보상이 사랑의 시인을 기다리고 있는

---

1) Publius Ovidius Naso(B.C 43~A.C 17): 고대 로마의 대표적 시인. 기원 8년 아우구스투스 황제에 의하여 흑해 연안의 토미스(콘스탄차)로 유배당하여 그곳에서 죽었다. 이 시는 명확한 자전적 의의를 가지고 있다. 푸쉬킨은 오비디우스의 저작인 「비가Tristia」와 서간체 작품「흑해로부터의 서한Epistulae ex Ponto」에서 차용한 그의 유배 생활에 대한 자료를 이 시의 바탕으로 하고 있다. 오비디우스의 유배의 주제는 알렉산드르 1세에 의하여 유배 생활을 한 푸쉬킨 자신의 개인적 처지의 서술을 위하여 누구나 금방 짐작할 수 있는 위장의 구실을 하고 있다. 이 시의 목적은 러시아 사회에서 유배 생활을 하는 시인들의 운명에 대한 주의를 불러일으키는 데에 있었다.

거친 해안 가까이에 버려진 닻을 보았다.

그곳의 밭에는 한 그루의 나무 그늘도 없고 언덕에도 포도밭이 없다,

그곳에서는 전쟁의 참화를 위하여 눈 속에서 태어난

냉정한 스키타이의 흉포한 아들들이

이스트르 강 건너에서 사냥감을 기다리며

한 순간도 쉬지 않고 이곳저곳의 마을을 습격함으로써 위협하고 있다.

그들을 막을 방책도 없다—그들은 물결을 가르며 항해하고

소리가 잘 울리는 얼음 위를 행군하고 하는 것이 아닌가.

그대 자신은(놀랄지어다, 나소, 덧없는 운명에 놀랄지어다!)

그대는 젊었을 적부터 전쟁으로 지새는 삶의 파동을 두려워하지도 않았고

머리에 장미의 관을 얹은 것이며

한가로운 시간을 쾌락 속에서 보내는 것에 길들어

그대는 하릴없이 무거운 투구를 머리에 쓰고

무시무시한 칼을 겁먹은 칠현금 가까이에 놓지 않을 수 없으리라.

딸도 아내도 벗들의 충실한 모임도

지난날의 편안했던 벗들인 뮤즈의 여신들도

유배당한 시인의 슬픔을 달래지는 못한다.

카리테스 여신들이 그대의 노래에 월계관을 씌운 보람도 없고,
젊은이들이 그대의 노래를 외고 있는 보람도 없도다—
영광의 세월도 하소연의 슬픔도
수줍은 노래도, 오비디우스여, 그대를 감동시키지 못하니,
그대의 늘그막의 나날은 망각 속에 잠기리로다.
금빛 찬란한 이탈리아의 화려한 시민인 그대는
이곳 야만인들의 조국에서 알려져 있지도 않으며 외롭다,
그대는 둘레에서 고국의 소리를 하나도 듣지 못한다,
그대는 깊은 시름 속에서 멀리 떨어진 벗에게 쓰고 있구나—
"오, 나에게 조상의 거룩한 도시와
물려받은 평화로운 뜰의 그늘을 돌려다오!
오, 벗들이여, 아우구스투스에게 나의 소망을 전해다오!
죄를 다스리는 손바닥을 눈물로 물리치게나!
그러나 만일 노한 신이 여태까지 엄혹하고
내가 영원히 그대, 위대한 로마를 볼 수 없다면
마지막 소원으로 사나운 운명을 누그러뜨리면서
비록 나의 관이나마라도 아름다운 로마 가까이로 날라가다오!"
카리테스 여신들을 얕잡아보았던 그 누구의 차가운 심장이
그대의 우수와 눈물을 나무랄 수 있으랴?
누가 곱지 못하게 거드름을 피우면서 감동 없이 읽을 수 있으랴,
그대가 그대의 헛된 신음소리를 후대에 전했던

이 비가, 이 마지막 글을?
엄격한 슬라브인인 나는 눈물을 흘리지 않았다,
그러나 눈물을 알고 있다. 거칠 것도 없는 유배를 당한 자,
세상에도 자신에게도 삶에도 불만인 나는
슬픈 마음으로 지금 찾아왔다,
언젠가 그대가 슬픈 나날을 보냈던 나라를.
여기에서 나는 그대에 의하여 상상이 되살아나,
오비디우스여, 그대의 노래를 되풀이하여
그대 노래의 슬픈 그림을 그려보았도다,
그러나 시선은 속은 꿈에 등을 돌렸다.
그대의 유배가 음산한 야밤의 눈에 길든
두 눈을 몰래 사로잡았노라.
여기에서는 감청색의 하늘이 오래오래 빛나고 있다,
여기에서는 겨울 설한풍의 잔인함의 군림은 짧다.
스키타이의 해안에서는 새로운 이주자
남녘 나라의 아들인 포도가 진홍빛으로 반짝이고 있다.
벌써 스산한 섣달은 러시아 풀밭에
부풋한 눈을 겹겹이 깔았다,
거기에서는 겨울이 숨쉬고 있지만 봄날의 훈훈함과 더불어
여기에서는 맑은 해가 내 머리 위에서 빛나고 있다,
시들어버린 풀밭은 젊은 푸르름으로 알록달록 수놓여졌다,

비어 있는 들판은 어느새 일찌감치 쟁기가 갈아엎었다.
실바람이 살짝 일었다, 해질녘 가까이에는 춥다,
투명한 듯 만 듯한 얼음이 흐린 호수 위를
크리스탈처럼 움직임이 없는 물흐름을 덮었다.
나는 그대의 소심한 시도를 회상하였도다,
자유분방한 영감에 의하여 마음에 새겨진 이날
처음으로 그대는 망설이지 않고
겨울이 묶어놓은 물결에 발걸음을 맡겼도다……
새로 언 얼음 위를 내 앞에서
그대의 그림자가 미끄러지며 지나가고 애련한 소리가
이별의 괴로운 듯한 신음소리처럼 멀리서 실려온 듯하다.
기뻐하라—오비디우스여, 월계관은 시들지 않았도다!
오, 군중 사이에 휩쓸려들어간 소리꾼,
나는 새로운 세대에 이름이 알려지지 않으리라,
그리고 암흑의 희생물, 나의 여린 천재는
슬픈 삶, 한 순간의 소문과 함께 죽으리라!
그러나 만약 나의 후손이 나를 알아보고
이 멀리 떨어진 나라 그대의 영광스러운 시신 가까이에서
내 외로운 발자취를 찾으러 찾아온다면—
망각의 해안의 내 추운 집의 문간을 남겨두고
내 망령은 감사하는 마음으로 그대에게 날아가리라,

그리하여 나는 그의 회상을 즐거워하리라.

비밀스러운 전설이 간직될지어다—

그대처럼 모진 운명에 따르면서

내가 영광이 아니라 운명으로 그대와 같았노라고.

칠현금이 북녘의 황량한 벌판을 울려퍼지게 하면서

도나우 강 언덕 위에서 한 도량이 넓은 그리스인이

자유를 호소하던 날 나는 이곳을 돌아다녔도다,

단 한 사람의 벗도 내 노래에 귀를 기울이지 않았다,

그러나 낯선 언덕, 들판, 잠자는 덤불, 평화로운 뮤즈의 여신들은 너그럽게 맞아주었다.

[1821]

뮤즈

내가 어렸을 적 뮤즈는 나를 사랑하여
일곱 개 관으로 만들어진 갈대피리를 나에게 건넸다.
뮤즈는 미소를 띠고 내 갈대피리 소리에 귀를 기울였다,
속이 빈 갈대줄기의 소리가 잘 울리는 구멍을
나는 여린 손가락으로 누르며 갈대피리를 불었다,
신이 불어넣은 장중한 송가며
프리지아인 목부들의 평화로운 노래며를.
아침부터 저녁까지 떡갈나무의 조용한 그늘 아래서
신비로운 뮤즈의 가르침에 열심히 귀를 기울였다,
뜻하지 않은 포상으로 나를 기쁘게 하면서
뮤즈는 손수 내 손에서 갈대피리를 가져갔다.
갈대줄기는 신의 숨결로 활기를 띠었고
내 마음은 거룩한 황홀함으로 가득 찼다.

[1821]

디오니아[1]

젊은 흐로미드[2]는 그대에 반한 것이구나,
단둘이서 몰래 만나고 있는 그대들을 한두 번 본 것이 아니로다,
그대는 말없이 얼굴을 붉히면서 그의 말을 듣는도다,
그대의 내리깐 눈길은 소망으로 불타고 있구나,
그러고 나서 오래오래, 디오니아여,
그대의 얼굴은 부드러운 미소를 간직하고 있는도다.

[1821]

1) 북미 대서양 연안의 습지에서 자라는 다년생 식충 식물.

2) 오비디우스의 《변형담 Metamorphoses》에 나오는 에티오피아의 장교

차다예프에게

지난 세월의 불안을 털어버리고,
오비디우스[1]의 고적한 유해와 이웃하며,
영광도 시들한 것이 되어버린 나라에서
내 지친 넋이 바라는 것은 그대로다.
옹색한 상황과 족쇄의 적인
내가 술잔치를 잊는다는 것은 어려운 것이 아니다,
거기에서는 하는 일 없는 지혜가 빛을 내지만 마음은 졸며
예의바름의 차가움이 불타는 진실을 둘어싸나니.
무분별한 젊은이들의 소란스러운 패거리를 떨어뜨려놓았지만
이 유배지에서 그들을 아쉬워하지는 않노라,
한숨을 짓고는 다른 망상도 남겨놓았고,
적들을 망각의 저주에 건네주었도다.
나를 사로잡아 괴롭혔던 그물을 찢고 나서
마음의 새로운 안정을 경험하노라.
외로움 속에서 어렴성 없는 천재는
차분한 일과 사색의 갈증을 알았도다.
나는 나의 하루를 다스리고 있다, 지혜는 질서와 벗이 되었다,
긴긴 생각을 마음속에 붙들어두는 법을 배우고 있노라,
자유의 품속에서 반항적인 젊음으로 잃어버린 세월을 보상받

1) 시「오비디우스에게」의 주 참조.

을 길을 찾으며

교육에 있어서 시대와 나란히 서는 법을 찾고 있노라.

평화의 여신들, 뮤즈의 여신들이 다시 내 앞에 나타나

얽매임 없는 여가를 탄 놀이에 미소를 보내누나,

버려졌던 갈대피리에 내 입술이 닿았도다,

이상야릇한 소리가 나를 들뜨게 하였도다—다시 꿈과 자연과 사랑,

그리고 변함없는 우정을 노래한다,

아직 아무에게도 알려져 있지 않고

근심걱정도 없이 목적도 방식도 모른 채

놀이를 하며 게으름을 피우던 안식처며 싸르스코에 셀로의 조용한 뜰을

노래로 채웠던 어린 시절의 나날에

나를 사로잡았던 그리운 것들을 노래한다.

그러나 우정은 나와 함께 있지 않노라. 슬픔에 잠긴 나는

낯선 하늘의 감청색, 한낮의 낯선 고을을 보고 있다,

뮤즈의 여신들도 일도 놀이를 위한 여가의 기쁨도

아무것도 유일한 벗을 대신하지는 못하리라.

그대는 내 정신력의 감정사였다,

오, 마음 변하지 않는 벗이여, 그대에게 바치노라,

이미 운명의 시련을 겪은 짧은 생애,
어쩌면 그대에게 구원받았을는지도 모르는 감정을!
그대는 한창 꽃피던 젊은 나날의 내 마음을 알고 있었도다,
그대는 정열의 출렁임 속에서 식은땀을 흘려가며
지친 수난자인 내가 남몰래 괴로워하는 것을 보았도다,
비밀스럽게 숨겨진 심연 위에서 죽으려는 순간
그대는 나를 엄중한 손으로 받쳐주었다,
그대는 벗의 희망과 안정을 대신하였다,
넋의 깊은 곳을 엄격한 시선으로 쏘아보면서
그대는 충고와 나무람으로 그것을 활기차게 하였다,
그대의 불은 사랑을 높이 활활 불타오르게 하였다,
대담한 참을성이 새로이 나의 내부에서 생겨났도다,
이제 비방의 목소리는 나를 모욕할 수 없었노라,
나는 증오하면서 얕잡아볼 줄 알게 되었도다.
지체 높은 사람의 종, 훈장을 찬 무식쟁이,
혹은 지난날
음탕한 짓거리로 세상을 놀라게 하였지만
자기 자신을 교화하고 부끄러움을 씻은,
즉 술을 잊고 노름판의 도둑이 된 철학자[2]들의
엄숙한 재판이 나에게 무슨 소용이 있었던가?
아무도 알아주지 않는 연설가 루쥐니코프[3]가

독기가 없이 짖어대는 것에 화를 내지 않았다.
경박한 인간들의 소문,
귀부인들이며 혹평가들이며 우둔한 자들이며의 중얼거림,
장난기 섞인 음모를 따지는 뒷이야기를 한탄해야 할 것이 있었을까,
언제 내가 그대의 우정을 자랑할 수 있었을까?
신들에게 감사하노라—어두운 길을 지나온 것을,
초기의 슬픔은 내 가슴을 짓눌렀지만
나는 슬픔에 길들었도다, 운명과 셈을 마쳤노라,
그러하였으니 의연한 마음으로 삶을 견뎌나가리라.

한 가지 바라는 것이 있도다—그대 나와 함께 남아다오!
나는 달리 기도하여 하늘을 괴롭히지는 않았도다.
오, 나의 벗이여, 이별의 날은 끝나려나?
언제 사랑의 말을 나누며 손을 마주잡게 되려나?
언제 그대의 마음으로부터의 인사말을 듣게 되려나?
그대를 얼싸 그러안으리라! 서재를 둘러보리라.
그곳에서는 그대는 언제나 지혜로운 사람이면서도 이따금은

---

2) 노름꾼이자 결투가로서 이 무렵 악명을 떨쳤던 표도르 톨스토이(1782~ 1846)를 가리키고 있다.

3) 역사학자 카체노프스키Katenovskii(1775~1874)를 가리키고 있다.

좋은 꿈을 꾸며

경망한 무리를 냉정히 지켜보는 사람이도다.

찾아가리라, 다시 찾아가리라, 세상과 담을 쌓고 들어앉은 내 사랑하는 벗이여,

그대와 함께 지난 세월의 이야기며

발랄한 저녁 모임이며 예언적인 논쟁이며

전부터 알고 있는 고인들의 발랄한 대화며를 회상하기 위하여

논쟁을 하자꾸나, 많은 책을 읽고 또 읽자꾸나, 생각하자꾸나, 욕지거리를 하자꾸나,

자유 애호의 희망에 활기를 불어넣자꾸나,

나는 참으로 행복할 것이다, 그러나 제발,

쉐핀그[4]만은 문에 들어서지도 못하게 해다오.

[1821]

---

4) Otto Shepping(1790~1874): 푸쉬킨의 알음알이이며 따분한 성격으로 알려져 있었다.

아젤리[1]에게

뛰놀지어다, 아젤리여,
슬픔을 알지 말지어다
카리테스의 여신들, 렐리의 신이
그대의 머리 위에 관을 씌웠노라
그대의 요람을
흔들었노라
그대의 봄은
조용하고 밝다
즐기려고 그대는 태어났노라
환희의 시간을
놓치지 말고 잡을지어다!
젊음의 날을
사랑에 바칠지어다,
세상의 시끄러움 속에서도
사랑할지어다, 아젤리여,
나의 갈대피리를.

[1822]

---

1) 이 시는 푸쉬킨이 카멘카에서 만난 A. L. 다브이도프의 열네 살 난 딸 아젤리에게 바쳐진 것이다.

수인囚人

나는 축축한 감옥의 쇠창살 앞에 앉아 있다.
나의 쓸쓸한 친구, 억지로 길러진
어린 독수리 한 마리가
창문 밑에서 피투성이의 먹이를 쪼고 있다,

쪼다가 내던지고 창문을 쳐다본다,
나와 똑 같은 궁리를 하기라도 한 듯.
눈길과 외침소리로 나를 부른다.
그리고—"자 날아가자!

우리들은 자유로운 날짐승이다. 때가 온 거야, 여보게 때가!
먹구름 너머로 산이 하얗게 보이는 곳으로,
바다가 짙푸르게 보이는 곳으로,
바람만이…… 그리고 내가 거니는 곳으로!" 하고 말하려 한다.

[1822]

표도르 글린카[1]에게

떠들썩한 삶의 술잔치가 한창 무르익을 즈음
나는 유배를 당하면서
분별없는 군중의
비열하고 소심한 에고이즘을 보았소.
눈물도 없이 분한 마음으로
호화로운 술잔치를 뒤로하고 떠났소,
그러나 너그러운 시민이여!
그대의 목소리는 기뻤소.
나에게 또다시 무서운 유배의
운명이 지워지게 하라지요,
사랑이 나에게서 등을 돌리게 하라지요,
유배지에서 그러한 모욕의
부당함을 잊으려오—
그러한 것들은 모두 하찮은 것—
아리스티데스여, 그대에게서 무죄가 인정된다면.

[1822]

---

1) Fyodor Glinka(1786~1831): 시인이자 온건파 12월 당원. 1819년부터 러시아어 애호자 간담회 대표. 유배를 당하기 전까지 푸쉬킨의 신념에 얼마간의 영향을 주었다. 12월당 혁명 운동 좌절 뒤 유형당했다.

그대는 용서하겠는가, 질투에 찬 내 공상*

그대는 용서하겠는가, 질투에 찬 내 공상,
사랑의 분별없는 동요를?
그대는 나에게 정숙하다, 어째서 그대는 언제나
내 상상을 놀래기를 좋아하는가?
숭배자들의 무리에 둘러싸여
어째서 모든 사람들에게 사랑스럽게 보이고자 하는가,
혹은 침울하고 혹은 부드러운 이상야릇한
눈길이 어찌하여 모든 사람들에게 공허한 기대를 품게 하는가?
나를 소유하고 나서, 내 이지를 흐리게 하고 나서
내 불행한 사랑을 믿고 있다,
숭배자들의 무리 속에서
그대의 열렬한 담소에 관심없이 홀로 침묵하고 있는
내가 외로운 분함에 괴로워하는 것을 그대는 보지 못한다,
나에게 한마디 말도 없고 눈길도 주지 않는다…… 잔인한 사람이로구나!
도망칠까 하지만 그대의 불안과 애원의
눈은 나를 뒤쫓지 않는다.
다른 미녀가 나와
알쏭달쏭한 대화를 나누어도—
그대는 태연하다, 그대의 명랑한 나무람은
사랑을 표현하지 않아 나를 맥빠지게 한다.

또 한 가지 묻자—나의 영원한 연적이
나와 그대가 단둘이 있는 것을 보고도
어찌 그대에게 교활하게 인사를 하는가?
그자가 당신에게 무엇이라는 건가? 무슨 권리로
그가 얼굴이 새파래져 질투하는 것인가?
낮도 밤도 아닌 점잖지 않은 시간에
어머니도 없이 혼자서 반라의 몸으로
어찌 그자를 만나야 하는가?
그러나 나는 사랑을 받고 있는 사람이다…… 나와 단둘이 있을라치면
그대는 더할 나위 없이 부드럽다! 그대의 입맞춤은
활활 불타오른다! 그대의 사랑의 속삭임은
거짓 없는 애틋한 마음으로 가득 차 있다!
그대에게는 내 고뇌가 우스꽝스러우리라,
하지만 나는 사랑을 받고 있다, 나는 그대의 마음을 알고 있다.
내 사랑하는 사람이여, 제발 나를 괴롭히지 말아다오—
내가 얼마나 뜨겁게 사랑하고 있는지 그대는 모르노라,
천근 같은 나의 고통을 그대는 모르노라.

[1823]

음산한 낮이 저물고, 음산한 밤의 안개가*

음산한 낮이 저물고, 음산한 밤의 안개가
납빛의 옷처럼 하늘에 퍼진다,
솔밭 너머로 곡두처럼
　몽롱한 달이 떠올랐다……
모든 것이 내 마음에 어두운 애수를 품게 한다.
저 멀리 저곳에서는 달이 밝게 떠오르고,
대기大氣는 저녁의 훈훈함으로 채워져 있다,
바다는 화사한 포장처럼
　쪽빛의 하늘 밑에서 꿈틀거린다……
지금쯤 그녀는 산에서 내려와
거친 물결이 철썩철썩 부딪히는 바다 언덕의
　그곳, 비밀스런 바위 밑에
슬픔에 젖어 앉아 있으리라, 홀로……
홀로…… 아무도 그녀 앞에서 눈물을 흘리거나 괴로워하는 사람은 없다……
홀로…… 그녀는 그 어느 누구의 입에도
어깨나 촉촉한 입술이나 눈처럼 새하얀 가슴을 맡기지 않는다.
. . . .
. . . .
. . . .
그녀의 고결한 사랑을 받을 만한 사람은 아무도 없다.

그렇다—그대는 혼자이다…… 그대는 울고 있다…… 내 마음은 평화롭다……

. . . .

그러나 만일 . . . .

[1823]

악마[1)]

세상살이의 모든 인상이—
처녀들의 눈길, 참나무숲의 술렁거림도,
한밤의 꾀꼬리 노랫소리도—
나에게 새로웠고,
자유, 명예, 사랑, 영감이 불어넣어진 예술이
그처럼 강렬하게 피를 들끓게 했던 시절에,
희망과 기쁨의 시간을
갑작스런 우수憂愁로 흐리게 하는,
그 어떤 심술궂은 요귀妖鬼가
나를 몰래 찾아오고 있었다.
우리들의 만남은 슬픈 것이었다—
그의 미소, 괴기한 눈빛,
그의 표독스런 말은
마음에 싸늘한 독을 부어넣었다.
무진한 비방으로
그는 신을 유혹했다,
그는 아름다운 것을 허깨비라 불렀다,
그는 영감을 업신여겼다,

1) 푸쉬킨은 이 시에서 인류의 영원한 적으로서의 부정과 의혹의 정신을 구상화하고 있다.

그는 사랑, 자유를 믿지 않았다,
인생을 비웃듯 바라보며—
모든 자연 가운데의 어떤 것도
그는 축복하려 하지 않았다.

[1823]

인생의 달구지

때때로 짐이 무거워도
달구지는 가볍게 달린다,
솜씨 좋은 마부, 백발의 시간은
마부대에서 기어내려오지 않고 짐을 싣고 간다.

아침부터 우리들은 달구지를 타고 있다,
목이 부러진들 어떠랴,
게으름과 한가함을 업신여기며
외친다—이랴!

그러나 한낮엔 그런 강의剛毅함이라고는 온데간데없다,
흔들려 지치고 만다,
재도 골짜기도 두렵다,
우리들은 외친다—더 가볍게, 얼간이들아!

달구지는 여전히 달린다,
저녁 무렵엔 그것에도 길들어져
졸며 숙소까지 간다,
시간이 말들을 몬다.

[1823]

밤

그대로 말미암아 부드러워지기도 하고 애틋해지기도 하는 내 목소리는

캄캄한 한밤의 깊은 침묵을 어지럽힌다.

내 잠자리 가까이 슬픈 듯한 촛불이 타고 있다,

내 노래는 한데 합쳐지고 소리를 내며,

흐른다, 그대의 생각으로 가득 찬 사랑의 시내가 되어 흐른다.

그대의 두 눈은 어둠 속의 내 앞에서 반짝이며,

나에게 미소 짓고 있다. 나는 그대의 속삭임도 듣는다―

여보, 사랑하는 여보…… 사랑해요…… 나예요…… 나예요……

[1823]

한 마리 작은 새

타향에서 고향의 구습口習을
소중히 지킨다—
밝은 봄의 명절날 맞아
한 마리 작은 새를 날려보낸다.

나는 마음이 즐거웠다,
비록 단 한 마리의 미물일지언정,
내가 자유를 줄 수 있었으므로
아무것도 불평할 것이 없었다.

[1823]

자유의 외로운 씨를 뿌리는 사람인*

씨 뿌리는 사람이 씨를 뿌리러 나갔다.[1]

자유의 외로운 씨를 뿌리는 사람인
나는 아침 일찍, 집을 나섰다,
죄 없는 깨끗한 손으로
노예가 된 밭이랑에
충실한 씨앗을 던졌다—
그러나 나는 시간과
좋은 생각, 노동만 허비했을 뿐……

풀이나 뜯어먹을지어다, 평화로운 민중이여!
명예의 외침소리에도 그대들은 잠을 깨지 못하는구나.
자유의 은혜가 가축의 무리에 무슨 소용 있으랴—
가축의 무리는 칼로 잘리고 털을 깎이고 하여야 한다.
자자손손 언제까지고 그들이 물려받는 것이라곤
말방울이 달린 멍에와 채찍일 뿐이다.

[1823]

---

1) 「마르코복음서」 제4장 제3절.

달콤한 희망을 어린애처럼 들이마시면서*

달콤한 희망을 어린애처럼 들이마시면서
내가 만일 언젠가는 넋이
주검에서 도망쳐 영구불변의 생각,
기억, 사랑을 끝없는 심연 속으로 가지고 간다는 것을 믿었다면—
맹세하노라! 나는 오래 전에 이 세상을 버렸으리라—
삶, 몰골 사나운 우상을 부서뜨리고,
자유, 즐거움의 나라로,
죽음도 없고 편견도 없는 나라로 날아가버렸으리라.
생각만이 깨끗한 하늘을 두둥실 떠가는 나라로……

그러나 부질없이 허망한 꿈에 의지하고 있다,
나의 지혜는 완강히 저항하며 희망을 경멸하고 있다……
보잘것없는 것이 무덤 뒤에서 나를 기다리고 있다……
뭐 어떻거나 아랑곳없다! 생각이고 첫사랑이고가 어떻다는 것인가!
무섭도다! 삶을 다시 서글프게 바라본다,
사랑스러운 모습을 오래오래 내 우울한 가슴속에 묻어두며
활활 불타오르게 하기 위하여 오래오래 살고 싶다.

[1823]

물길이여, 누가 그대를 멈추게 하였느냐[1]*

물길이여, 누가 그대를 멈추게 하였느냐,

누가 기운차게 달리는 그대를 묶어놓았느냐,

누가 사납게 거스르는 분류를

잔잔한 말없는 연못으로 바꿔놓았느냐?

누구의 마법의 지팡이가

내 마음속의 희망, 슬픔, 기쁨을 죽이고

폭풍우 같은 넋, 젊음을

잠을 오게 하는 게으름 속에서 잠들게 하였느냐?

거칠게 불어라, 바람이여, 물결을 파헤쳐라,

파멸의 정체를 부서뜨려라.

어디 있느냐, 그대 천둥 번개여—자유의 상징이여?

자유가 없는 물을 냅다 쳐라.

[1823]

1) 이 시에는 신성 동맹에 의하여 탄압당한 혁명 운동의 발전이 일시 중지된 것이 은유적으로 표현되고 있다.

바흐치사라이 궁전의 분수[1]에

사랑의 분수, 살아 있는 분수여!
너에게 두 송이의 장미를 바치노라.
끊임없는 그대의 속삭임
시정이 넘치는 눈물을 사랑하노라.

은빛 찬란한 물보라가
찬 이슬이 되어 나를 적시도다—
아, 흘러라, 흘러, 기쁨의 샘이여!
지나간 날들의 이야기를 속삭여라……

사랑의 분수, 슬픈 분수여!
나는 너의 대리석에 물었노라—
나는 먼 나라의 찬가를 읽었도다,
하지만 너는 마리아에 대해서 말이 없다……

하렘의 흐릿한 불빛이여!
여기에서도 그래 너는 잊혀졌느냐?

---

1) 16~18세기 크림 한汗국의 수도였던 크림 반도 중심 도시 바흐치사라이의 한汗 궁궐 내부 건물 가운데 하나 안에 있는 '눈물의 분수'란 이름으로 알려진 분수로 1756년에 축조되었다. 푸쉬킨은 1820년 9월에 이 분수를 찾아갔었다.

혹은 마리아도 자레마[2]도
달콤한 꿈일 따름인가?
혹은 상상의 꿈이
적막한 안개 속에서 그렸을 뿐인가,
제 덧없는 환영을,
희미한 마음의 그리움을?

[1824]

2) 푸쉬킨의 서사시 「바흐치사라이의 분수」(1823)의 주인공.

당신은 시들어가며 말이 없다*

앙드레 쉐니에를 흉내냄

당신은 시들어가며 말이 없다, 슬픔이 당신의 마음을 아프게 한다,

청순한 입술에서는 미소가 사라지고 있다.

수나 꽃이 당신의 바늘에 의하여

살아나지 못하고 있는 지 오래다. 당신은 묵묵히 슬픔에 잠겨 있다.

오, 나는 처녀의 슬픔을 잘 안다,

오래 전 내 두 눈은 당신의 마음을 읽고 있었다.

사랑은 숨기지 못하는 법—우리들은 사랑을 하고 있다, 우리들과 마찬가지로,

상냥한 처녀들이여, 당신네도 사랑에 취하리라.

행복한 젊은이들이여! 그렇지만 그들 가운데 누가,

파란 눈, 검은 고수머리의 젊은 미남이?

얼굴이 빨개지는군? 나는 잠자코 있지,

하지만 알아요, 모두 알고 있어요, 마음먹기에 따라서는

그 사람의 이름을 댈 수도 있었어요. 언제나 당신의 집 둘레를

서성거리며 창문을 올려다보고 있는 것이 그 사람 아닌가요?

당신은 그 사람을 비밀스럽게 기다리고 있어요. 그 사람이 지나가면 창문 가로 달려가,

오래도록 숨어서 그의 뒷모습을 바라봅니다.

눈부신 5월의 명절날.

호화로운 마차 사이를 누비며,
마음내키는 대로 그 사람만큼 자유롭고 대담하게
말을 모는 젊은이는 아무도 없습니다.

[1824]

바다에 부쳐[1)]

잘 있거라, 자유로운 대자연이여!
마지막으로 내 앞에서
너는 짙푸른 물결을 쳐올리며
거만스런 아름다움으로 반짝이고 있다.

벗이 침울하게 투덜거리는 소리처럼,
이별할 때 부르는 소리처럼
너의 슬픈 물결소리, 너의 부르는 듯한 물결소리를
나는 마지막으로 들었다.

내 마음이 바라던 경계境界여!
얼마나 자주 너의 언덕을
어두운 마음으로 조용히 거닐었던가,
비밀스런 기도企圖에 지쳐!

나는 얼마나 사랑했던가 너의 부르는 소리.

---

1) 1820년 푸쉬킨은 페테르부르그에서 추방당하여 1823년 7월부터 1824년 7월까지 흑해 연안 도시 오뎃사의 주州 총독 보론쏘프 공작 밑에서 근무했으나 불화를 일으키게 되어 총독의 주상으로 황제에게서 오뎃사를 떠나 어머니의 소유지 미하일로프스코에 마을에 칩거하도록 하라는 명령을 받았다. 그리하여 오뎃사를 떠나면서 푸쉬킨은 흑해와 이별을 하며 이 시를 썼다.

공동空洞에서 울리는 듯한 소리, 바다 밑의 목소리,
저녁 시간의 고요함과
변덕스러운 발작을!

어부들의 양순한 돛단배는
너의 괴벽에 지켜지면서
담대히 큰 물결 사이를 미끄러져가지만,
말릴 수 없는 네가 한 번 성을 내면
배의 무리는 가라앉는다.

나는 영원히 꼼짝도 하지 않는
쓸쓸한 바닷가를 떼어놓고 떠나지도,
가누지도 못할 만큼의 기쁨으로 너를 축복하지도,
너의 등성이를 타고
시적詩的으로 도망치지도 못하고 말았다![2]

너는 기다렸다, 너는 불렀다…… 하지만 나는 묶여 있었다.
내 마음은 헛되이 애를 태웠던 것이다—

---

2) 1824년 여름, 오뎃사를 떠나기 전 푸쉬킨은 오뎃사에서 콘스탄티노플로 도망치려고 기도했었다. 3, 6, 7 연에서 그것에 대하여 이야기하고 있다.

격렬한 정열에 매혹되어,
나는 바닷가에 남고 말았다.

후회할 게 무엇인가? 나는 지금
어디로 걱정 없는 발길을 돌려야 하나?
황량한 물결 가운데서 오직 하나의 것이
내 마음을 놀라게 하리라.

영광의 능묘陵墓[3]인 하나의 바위가 있다……
저기 의젓한 회상이 싸늘한
잠에 빠져 있다—
저기서 나폴레옹이 사라진 것이다.

저기서 그는 고뇌 속에 숨을 거두었다.
그 뒤를 이어 폭풍이 사납게 휘몰아치는 소리처럼
우리들 가운데의 또 한 사람의 천재,
또 한 사람 우리들 사상의 지배자[4]가 달리며 지나갔다.

---

3) 절해의 고도 세인트 헬레나에 있는 나폴레옹의 무덤.
4) 시인 바이런을 가리킨다. 이 무렵 푸쉬킨은 바이런에 심취했었다. 10연에서부터 그에 대하여 쓰고 있다.

자유가 그의 죽음을 슬퍼했다,
그는 이 세상에 화관을 남겨놓고 사라졌다.
노호하라, 사나운 날씨에 성난 물결을 일으켜라—
오, 바다여. 그는 너의 노래꾼이었다.

너의 모습은 그의 위에 새겨졌고,
그는 너의 넋으로 만들어졌다
너처럼 강하고 깊고 음울하였다,
너처럼 어떤 것에도 제외당하지 않았다.

세계는 텅 비었다…… 지금 어디로
너는 나를 데려가려느냐, 대양大洋이여?
사람의 운명은 어디에서나 마찬가지이다—
행복이 있는 데에서는 어느새 망을 보고 있다,
문명이나 폭군이.[5)]

잘 있거라, 바다여! 잊지 않겠노라,
너의 장엄한 아름다움을,
저녁 시간의 너의 조음潮音을

---

5) 유럽의 문명에 대하여는 루소의 사상의 시각에서 쓰고 있다.

언제까지고 언제까지고 들으리라.

너로 가득 찬 나는
숲으로, 말없는 황야로 가져가리라,
너의 바위, 너의 만灣,
반짝임과 그림자, 물결의 속삭임까지를.

[1824]

야즈이코프[1]에게

옛적부터 시인들은
서로 감미로운 동맹을 맺는다—
한 뮤즈를 섬기며
한 불꽃에 마음을 불태운다.
운명으로는 혈육이다.
오비디우스의 넋을 걸고 맹세하노니
야즈이코프여, 나는 자네의 가까운 벗이노라.
오래 전에 나는 아침 일찍
제르프트 대로로 나와
호의를 보이는 벗의 집으로
무거운 지팡이를 끌고 갔다가
근심걱정 없는 며칠 동안의 회상,
자유롭고 영감에 찬 이야기
자네의 낭랑한 하프 가락에
활기를 찾아 돌아왔었다.
그러나 운명은 나를 심술궂게 가지고 노누나—
전제 정치에 쫓겨
오래 전부터 나는 의지가지없이 뛰어 돌아다니고 있다.

---

1) Nikolai Yazykov(1803~1846): 청년 시절에 푸쉬킨의 문학 서클에 가담했던 시인. 1826년 여름 트리고르스코예 마을의 오시포바 여사네 집에서 묵으며 푸쉬킨과 친교를 맺었다.

잠을 자지만 어디에서 잠을 깬 것인지도 모른다.
언제나 쫓기다 지금은 유배지에서
족쇄가 채워진 나날을 보내고 있다.
시인이여, 나의 호소를 들어다오,
내 희망을 속이지 말아다오.
이 마을은 그 옛날 표트르 대제의 피양육자,
황제며 황후들의 사랑을 받았던 노예,
이윽고 그들에게서 잊혀진
내 증조부인 흑인[2]이 숨어 살았던 곳.
엘리자베타 여제고,
궁궐이고 화려한 서약이고를 모두 잊고
피나무길 그늘에서
무관심한 세월을
머나먼 정든 땅 아프리카를 그리워하던 곳.
나는 자네를 기다리고 있노라.
시골 초막에서
피와 마음을 나눈 내 아우,
자네도 얼굴이 익은 개구쟁이가
나와 함께 자네를 그러안으리로다,

2) 푸쉬킨의 외증조부, 에티오피아 태생의 아브람 한니발Abram Hannibal (1697~1781).

그리고 뮤즈의 드높여진

우리들이 델비그[3]가 우리들을 위하여 모든 것을 버려두고 찾아올 것이다.

우리 세 사람으로 유배지의

어두운 구석은 이름을 떨치리라.

감시자의 눈을 속여

자유의 선물을 기리자꾸나,

우리들의 거칠 것 없는 젊음의

왁자지껄한 술판을 벌이자꾸나,

술잔의 울림과 시를 읊는 소리에

정답게 귀를 기울이자꾸나,

겨울밤의 지루함을

술과 노래로 쫓아버리자꾸나.

[1824]

---

3) Anton Del'vig(1798~1831): 푸쉬킨의 리쎄이 시대 이래의 벗으로 시인. 1825년 4월 미하일로프스코예로 푸쉬킨을 찾았다.

고백

알렉산드라 이바노브나 오시포바[1]에게

나 그대를 사랑합니다—내 미칠지라도,
그것이 헛수고이고 헛된 치욕이 될지라도,
그리고 당신 발 아래서
이 불행한 어리석음을 고백합니다!
나에게는 신분에 어울리지 않으며 나이에도 걸맞지 않습니다만……
나는 좀더 현명해야 할 때입니다!
그러나 여러 가지 징후로 보아
내 맘속에 있는 사랑의 열병을 알고 있습니다—
당신 없이는 나는 지루해 하품을 하고,
당신이 있으면 우울해도 참습니다,
나의 천사여, 말하고 싶습니다,
나는 당신을 사랑하지 않을 수 없노라고!
객실에서 당신의 가벼운 발걸음소리며 원피스 스치는
소리가 들려올 때,
혹은 순진한 처녀의 목소리를 들을 때
나는 갑자기 이성을 완전히 잃어버립니다.
당신이 미소를 지으면—나는 위안을 느끼며,

---

1) 어머니의 소유지 미하일로프스코예 마을과 인접한 트리고르스코예 마을의 여지주 프라스코비야 알렉산드로브나 오시포바Praskoviia Aleksandrovna Osipova(1781~1859)의 의붓딸.

당신이 외면하면 나는 슬퍼집니다,
당신의 갸날픈 손길은
내게는 고뇌의 날의 표상입니다.
눈과 고수머리를 떨구고
아무렇게나 허리를 구부린 채
수틀 앞에 앉아 열심히 수를 놓고 있을 때
나는 감동에 젖어 어린애처럼
당신을 바라봅니다, 조용히, 부드럽게!
때로 당신이 나쁜 날씨에
멀리 산책하려 할 때,
내 시새움에 가득 찬 슬픔을,
내 불행을 당신께 말할까요?
외로이 흘리는 당신의 눈물도,
조그만 방 한쪽 구석에서 둘이 나누는 이야기도,
오포치카로의 여행도
그리고 저녁에 치는 피아노도?
알리나! 나를 가엾게 여겨주오.
감히 당신에게 사랑을 요구하지 못했습니다.
나의 천사여, 난 죄 때문에 어쩌면,
사랑할 만한 사람이 되지 못할는지도 모릅니다!
시치미를 떼지 마세요! 그 시선은

모든 것을 훌륭히 보여줄 수 있습니다!
아, 날 속이는 건 어렵지 않습니다!
나 자신은 속는 것을 기뻐합니다!

[1824]

불태워진 편지[1)]

잘 있거라, 사랑의 편지여! 잘 있거라, 그 사람의 외침이다……
나는 얼마나 오래 끌었던가! 얼마나 오래 내 손은,
나의 모든 기쁨을 불에 맡기려 하지 않았던가!
하지만 됐다. 때가 닥쳤다, 불타올라라, 사랑의 편지여.
나는 마음의 준비가 됐다…… 나의 마음은 어떤 것에도 귀기울이지 않으리라.
게걸스런 불길은 너의 종잇장들을 맞아들이리라……
잠깐만! 불길이 확 타올랐다…… 활활 타오른다…… 엷은 연기가
피어오르면서 나의 기도와 더불어 사라져간다.
어느새 정절挺節한 보석반지의 인상을 잃으면서,
녹은 봉랍封蠟이 끓는다…… 오 신이여!
이리하여 실행됐다! 검은 종잇장들이 오그라들었다,
가벼운 재 위에 그 비밀스런 사랑의 말이
하얗게 보인다…… 나의 가슴은 죄어들었다. 사랑의 재여,
내 음울한 운명 속의 가련한 기쁨이여,

---

1) 이 시는 1824년 여름, 반종교적 편지를 쓴 혐의로 유배지가 오뎃사에서 미하일로프스코예로 옮겨진 뒤, 전부터 연모했던 오뎃사 총독 부인 엘리자베타 보론쏘바 Elizabeta Vorontsova(1792~1880)에게서 받았던 편지를 주제로 씌어진 것으로 전기적 근거를 가지고 있으며 푸쉬킨이 받은 특별히 봉인된 편지를 불태운 것과 연관되어 있다.

영원히 나와 더불어 슬픈 가슴에 남을지어다…….

[1825]

명예의 희구[1)]

사랑과 애무에 도취되어
그대 앞에 말없이 무릎 꿇고 앉아
그대의 얼굴 쳐다보며 그대를 나의 것이라 생각했을 때—
그래, 사랑스러운 사람이여, 내가 명예를 바랐었을까,
이거 봐요, 경망한 사람들로부터 멀리 떠나
덧없는 시인이라는 칭호에 따분함을 느끼며
오랜 폭풍우에 지친 나는,
멀리서부터 들려오는 비난과 칭찬의 소리에 전혀 귀를 기울이지 않았소.
사람의 마음을 사로잡는, 괴로워하는 듯한 눈빛으로 나를 내려다보며
한 손을 내 머리 위에 살짝 얹어놓고
당신 사랑하죠, 행복하세요?
다른 여자를 나처럼 사랑하지는 않겠죠?
나를 절대로 잊지 않겠죠? 하고 속삭였을 때
항간의 소문 따위가 나를 불안하게 할 수 있었을까?
나는 자유를 빼앗긴 듯 침묵을 지켰소,
나의 온몸은 즐거움으로 넘쳤소, 나는 생각했소,
미래는 없다, 이별의 무서운 날은

1) 이 시도 또한 보론쏘바 부인과의 비련과 관련되어 있다.

결코 오지 않는다…… 그런데 어찌 된 일인가? 눈물, 괴로움,
배신, 중상, 온갖 것들이 별안간
나를 덮친 것이다…… 나는 무엇인가, 나는 어디에 있는가?
황야에서 벼락을 맞은 길손처럼 서 있다.
내 눈앞의 모든 것이 캄캄해졌다! 지금
나는 새로운 바람으로 괴로워한다—
나는 명예를 바란다, 나의 이름에 당신의 귀가 끊임없이 놀라게 하려고, 당신으로 하여금
나를 둘러싸게 하려고, 당신의 둘레에서 줄곧 나의 소문이 큰 소리로 울리게 하려고
성실한 목소리에 조용히 귀기울이며
한밤의 어둠 속 전원에게 이별할 때
나의 마지막 기도를 그대가 생각해내게 하려고.

[1825]

주신酒神의 노래

어찌 기쁨의 목소리는 잠잠해졌는가?
울려퍼져라, 주신의 노래여!
가냘픈 처녀들이여,
그리고 우리를 사랑했던 젊은 아내들이여 만세!
잔을 더 가득 채워라!
경쾌한 소리 울리는 술잔 바닥으로
독한 술 속으로
거룩한 반지를 던져버려라!
잔을 들자꾸나, 잔을 모두 함께 부딪쳐보자꾸나!
뮤즈여 만세, 이성理性이여 만세!
그대, 신성한 태양이여 불타오르라!
환하게 떠오르는 새벽 노을에
이 촛불이 희게 희미해지는 것처럼,
거짓된 현명함이 지혜의 영원한 태양 앞에
가물거리며 어렴풋이 빛을 내는 것처럼.
태양이여 만세, 어둠이여, 숨어버릴지어다!

[1825]

삶이 그대를 속일지라도[1)]*

삶이 그대를 속일지라도
슬퍼하지 마라, 성내지 마라!
설움의 날을 참고 견디면—
기쁨의 날이 옴을 믿어라.

마음은 미래에 사는 것,
오늘은 언제나 슬픈 것—
모든 것은 한 순간에 지나가는 것,
지나간 것은 또다시 그리워지는 것을.

[1825]

1) 이 시는 미하일로프스코예에 이웃한 트리고르스코예 마을의 여지주 프라스코비야 오시포바의 딸 예프프라크시야 불리프Evpraksiia Brib의 앨범에 적어넣어졌다.

안나 케른[1]에게

기적의 순간을 기억합니다—
당신은 나의 앞에 나타났습니다.
순간적인 환상처럼,
순결한 미의 화신처럼.

내가 희망 없는 우울 속에
시끄러운 공허의 불안 속에 허덕일 때,
당신의 상냥한 음성은 오래 내 맘에 울려왔고
나는 당신의 정다운 모습을 꿈꾸었었습니다.

세월은 흘렀습니다. 폭풍의 미친 듯한 격정이
옛날의 공상들을 휩쓸어갔고,
나는 당신의 상냥한 음성을 잊어버렸습니다,
당신의 천사 같은 모습까지도.

---

1) 1819년 페테르부르그의 한 무도회에서 만나 마음을 빼앗겼던 안나 케른Anna Kern(1800~1880)을 1825년 여름 미하일로프스코예 마을에 인접한 마을 트리고르스코예의 오시포바 여사의 집에서 다시 만나 그녀와 다시 사랑이 불붙었으나 7월 리가의 남편에게로 떠나는 날이 와 이 시를 그녀에게 바쳤다. 이 한달은 푸쉬킨이 케른에게 낭만적으로 열중한 시기이며 뒤에 페테르부르그에서 이들의 관계는 무시로 연인의 대상을 바꾸었던 케른의 애매한 자세로 설명되는 것보다 한결 중대한 성격을 띠었다. 이 시에서 푸쉬킨은 1819년 예술 아카데미 총재 알렉세이 올레닌Aleksei Olenin 씨네 집에서 케른을 처음 만났던 것을 회상하고 있다.

어느 벽지 유배의 어둠 속에서
나의 날들은 소리 없이 흘러가버렸습니다,
감격도 영감도 없이
눈물도, 생기도, 사랑도 없이.

내 영혼이 잠을 깨자—
또다시 당신은 나의 앞에 나타났습니다,
순간적인 환상처럼,
순결한 미의 화신처럼.

내 가슴은 환희로 물결치고,
가슴속엔 다시
감격, 영감, 그리고
생기와 눈물과 사랑이 되살아났습니다.

[1825]

꾀꼬리와 뻐꾸기

숲속, 한가로운 방의 어둠 속에서
다양한 목소리를 가진 봄의 가객은
휘파람을 불었다 그르렁거렸다 하며
다양한 가락으로 요란스레 울어대는데
거드름스러운 수다쟁이인
분별없는 뻐꾸기는
그저 뻐꾹뻐꾹 하고 되풀이하여 울며
메아리가 그것을 뒤따를 뿐이다.
뻐꾹 하고 우는 소리에 질력났다!
도망이라도 치고 싶을 만큼이다. 오, 우리들을
뻐꾹의 엘레지로부터 벗어나게 하소서!

[1825]

고향 땅 푸른 하늘 아래서*

고향 땅 푸른 하늘 아래서
그녀는 지치고 시들어버렸다……
끝내 시들어버리고, 내 머리 위를
젊은 그림자가 날아다녔으리라,
그러나 우리들 사이에는 넘을 수 없는 담장이 있다.
나는 감정을 헛되이 일깨웠다—
냉담한 입에서 죽음의 소식을 듣고,
나도 그 소식에 냉담하게 귀기울였다.
내가 그렇게도 뜨거운 마음으로 사랑하였던 사람
그토록 무겁게 긴장하여,
그토록 부드럽게 그리워하며
그토록 미친 듯이 괴로워하며!
괴로움은 어디에 사랑은 어디에 있는가? 오! 내 가슴속에서는
가련하고 쉽게 믿는 그림자를 위하여
돌이킬 수 없는 달콤한 기억을 위하여
바칠 눈물도 노래도 찾을 수 없구나.

[1825]

1825년 10월 19일[1)]

숲은 진홍빛의 의상을 떨어뜨리고
흰 서리가 마른 들판을 은빛으로 물들이며
낮은 내키지 않기라도 하듯 모습을 드러냈다가는
주위의 산 가장자리 너머로 숨는다.
활활 타올라라, 벽난로여, 내 호젓한 방에서,
술이여, 가을의 된 추위의 벗이여,
즐거운 거나함, 쓰라린 괴로움의 한 순간의 망각을
내 가슴속에 부어다오.

슬픔에 잠긴 내 곁에는 한 사람의 벗도 없다,
나는 누구와 오랜 이별을 달래며 잔을 비우랴,
마음으로부터 손을 마주잡고
즐거운 많은 세월을 빌어줄 벗도 없다.

---

1) 리쎄이의 제1회 졸업생들은 해마다 리쎄이의 개교 기념일인 이날 페테르부르그에서 동창회를 열었다. 이 시에는 일련의 개개 리쎄이의 학생들의 이름이 적혀 있다. 1연은 1820년 이탈리아에서 죽은 코르사코프Korsakov에게 바쳐지고 있다. 5연은 표도르 마추쉬킨Fyodor Matsushkin(1799~1872)에 대하여 말하고 있다. 마추쉬킨은 세계 주항 함대인 브란겔리의 북빙양 탐험에 참가, 뒤에 해군 대장, 원로원 의원이 되었다. 6연의 마지막 몇 행은 델비그가 리쎄이 졸업때 쓴 축하 노래의 후렴이다. 9연은 1825년 1월 미하일로프스키가 찾아온 것에 대하여 쓰고 있다. 10연은 1825년 9월 랴모노보에서 고르차코프와 만난 것에 대하여, 11연은 1825년 4월 델비그가 미하일로프스코예에 도착한 것에 대하여, 13연은 빌리겔림(큐헬리베케르)에 대하여 쓰고 있다.

나는 혼자서 술을 마신다, 상상 속에서 헛되이
내 주위의 벗들을 부른다,
그러나 벗들이 다가오는 소리는 들리지 않는다,
내 마음은 그리운 이도 기다리지 않는다!

나는 혼자서 술을 마신다, 오늘 네바 강가에서
벗들은 내 말을 주고받겠지……
그러나 벗들의 대부분이 거기에서 술판을 벌이고 있는가?
누가 아직도 나타나지 않았는가?
누가 우리들의 황홀한 관습에 등을 돌렸는가?
누가 냉혹한 세상에 끌려갔는가?
누구의 목소리가 형제들의 외침 속에서 들리지 않는가?
누가 오지 않았는가? 벗들 사이에서 누가 없는가?

그가 오지 않았다, 고수머리의
이글거리는 두 눈, 달콤한 울림의 기타를 가진 우리들의 소리꾼.
이탈리아의 아름다운 도금양 밑에서
그는 조용히 잠들어 있다, 러시아식의 무덤 위에는
조국의 글씨로 씌어진 우정이 넘치는
몇 마디 말도 새겨져 있지 않다,
언젠가 북녘 나라의 아들이 낯선 땅을 떠돌아다니면서

슬픈 인사말을 발견하도록.

낯선 하늘의 마음편치 않은 정다운 사람아,
자네는 벗들 사이에 앉아 있는가?
혹은 다시 무더운 남녘 바다의 회귀선,
한밤의 바다의 영원한 얼음을 가르며 지나가고 있는가?
행복한 항해를 비노라! 리쎄이[2]의 문턱을 나서자
자네는 가벼운 마음으로 배에 뛰어올랐다.
그로부터 바다는 자네의 길이었노라,
오, 바다와 태풍의 사랑스러운 아들이여!

떠돌이의 운명 속에서 자네는
아름다웠던 시절 당초의 관습을 지켰다,
사나운 물결 가운데서도
리쎄이의 떠들썩함, 리쎄이의 심심풀이를 꿈속에 그렸다,
자네는 바다에서 우리들에게 손을 내밀었다,
자네는 젊은 마음속에 우리들만을 간직하고
"어쩌면 비밀스러운 운명이 우리들을

---

2) 혁명 전 러시아의 귀족의 자녀들을 위한 특권 계급의 고등 교육 시설. 푸쉬킨도 이 교육 시설의 첫 졸업생이었다.

오랫동안 헤어지게 할는지도 모른다!" 고 되풀이했다.
벗들이여, 우리들의 아름다운 결합이여!
마치 마음처럼 그것은 갈리지 않고 영원하다—
흔들리지 않고 자유로우며 걱정 없다,
그것은 뜻이 맞는 뮤즈들의 비호 아래 하나가 되었다,
운명이 우리들을 어디로 내던질지라도
행복이 어디로 이끌지라도
우리들은 변함없다—세계는 온통 딴 나라,
우리들에게 조국은 싸르스코예 셀로.[3]

이 고을 저 고을로 위핍威逼에 쫓겨다니고
모진 운명의 그물에 휘감긴
나는 지쳐 설레는 가슴으로 새로운 우정의 품에
아양스러운 머리를 묻었다……
슬프고도 격렬한 애원,
리쎄이 시절의 신뢰에 찬 희망과 함께
다른 벗들에게 부드러운 마음으로 몸을 맡겼다,
그러나 그들의 냉랭한 인사는 쓰라렸다.
그리하여 나에게는 이곳, 이 궁벽한 곳,

---

3) 리쎄이가 세워졌던 페테르부르그 근교 푸쉬킨 시의 옛이름.

황야의 눈보라의 추위 속의 거처에
달콤한 기쁨이 마련되었다—
내 마음의 벗들인 자네들 중 세 사람을
나는 이곳에서 그러안았다. 황제의 노여움을 산 시인의 집을
오, 푸시친[4]이여, 자네가 첫번째로 찾아와
슬픔에 찬 유배의 날을 즐겁게 하며
리쩨이의 날로 바꾸었다.

고르챠코프[5]여, 젊었을 적부터 행운아여,
자네에게 영광이 있을지어다—운명의 여신의 차가운 빛도
자네의 자유로운 넋을 바꾸지는 못했노라—
명예와 벗들을 위해서도 자네는 마찬가지다,
준엄한 운명은 우리들을 다른 길로 이끌었다,
삶에 발을 들여놓은 날부터 우리들은 빨리 헤어졌다—
그러나 시골길에서 불의에 만나
우리들은 서로 얼싸 그러안았다.
운명의 노여움이 나를 덮치고

4) Ivan Pushchin(1798~1859): 푸쉬킨의 동창생으로 가까운 벗들 가운데의 한 사람. 12월 당원으로 1826년부터 1856년까지 시베리아의 징역형을 살았다.

5) Aleksandr Gorchyakov(1798~1883): 푸쉬킨의 리쩨이의 동창생으로 나중에 외무부 장관이 되었으며 흥미로운 회상기를 남겨놓았다.

천애고아처럼 모든 사람들에게 인연이 없게 된
내가 폭풍우 속에서 지쳐 고개를 떨구고
자네를 기다리고 있을 때 뮤즈의 예언자,
영감에 찬 권태의 아들인 자네가 왔노라,
오, 델비그[6]여—자네의 목소리는
그처럼 오래 잠에 빠져 있는 마음의 불을 잠깨웠도다,
나는 힘있게 운명에 감사했다.

어렸을 적부터 노래의 입김은 우리들의 가슴속에 불탔다,
우리들은 이상야릇한 흥분을 깨단했다,
어렸을 적부터 두 뮤즈가 우리들에게로 날아와
그 은총으로 우리들의 운명은 감미로왔다—
그러나 나는 되바라지게 칭찬받기를 좋아했고
고매한 자네는 뮤즈를 위하여, 넋을 위하여 노래를 불렀다,
나는 삶과 마찬가지로 신의 은혜를 함부로 허비했고,
자네는 뛰어난 재능을 마음속에서 조용히 길렀다.

뮤즈의 여신을 섬기는 자는 덧없는 세상사를 멀리한다,
아름다운 것은 위엄이 있어야 한다—

---

6) Anton Del'vig(1798~1831): 푸쉬킨과 가까이 지낸 리쩨이의 동창생으로 푸쉬킨이 높이 평가한 시인.

그러나 젊음은 우리들에게 교활하게 권고한다,
그리하여 화려한 꿈이 우리들을 기쁘게 한다……
그러나 정신을 차렸을 때에는 이미 늦다! 음울한
눈으로 뒤돌아보지만 거기에는 꿈의 흔적도 없다,
말하라, 빌리겔림[7]이여, 우리들도 그러지 않았던가,

한 뮤즈의, 한 운명의, 한 형제여?
때가 왔도다, 때가 왔도다! 세상은 우리들의 넋이
괴로워할 값어치가 없노라, 잘못된 생각을 버리자꾸나!
고독의 그늘에 삶을 숨기자꾸나!
나는 자네를 기다리고 있노라, 늦게 나타난 벗이여—
오게나, 꿈처럼 아름다운 이야기의 불꽃으로
정다운 전설을 되살리게,
광란노도와 같은 카프카즈의 하루하루에 대하여,
쉴러, 영광, 사랑에 대하여 이야기하자꾸나.

나에게도 때가 왔도다…… 오, 벗들이여, 술판을 벌이자꾸나!
즐거운 만남을 예감하노라—
시인의 예언을 기억하라.

---

7) Vil'gel'm Kyukhel'beker(1797~1846): 푸쉬킨과 가장 친하게 지냈던 리쎄이의 동창생으로 시인이자 12월 당원.

한 해가 지나면 나는 다시 자네들과 만난다,
내 꿈의 약속은 이루어진다,
한 해가 지나면 나는 자네들에게 나타난다!
오, 하염없는 눈물, 하늘을 찌르는 외침,
하늘 높이 치켜들린 술잔, 술잔!

벗들이여, 첫 술잔을 우리들의 결합을 위하여 비우자꾸나!
부어라, 넘치도록 부어라!
축복하여라, 환희의 뮤즈여,
축복하여라—리쩨이 만세!
우리들의 젊음을 지켜주었던 선생들에게,
돌아가시거나 살아 계신 모든 선생들에게 영광이 있을지어다,
감사의 잔을 바치자꾸나,
원한은 잊고 은혜에 보답하자꾸나.

부어라, 넘치도록 부어라, 불타오르는 가슴으로
또다시 비우자꾸나, 들이키자꾸나!
누구를 위하여, 오, 벗들이여, 알아맞춰보게나……
우리들의 차르이도다! 그렇다! 차르를 위하여 마시자꾸나.
그도 사람이로다! 순간이 그를 다스리고 있는 것이다.

그는 풍문과 의혹과 욕정의 노예일 뿐이다,
옳지 않는 박해를 용서하자—
그는 파리를 점령했다, 리쎄이를 세웠다.

술판을 벌이자꾸나, 우리들이 아직 여기에 있는 동안!
아, 우리들의 동아리는 세월과 더불어 줄어들고 있다,
누구는 무덤 속에서 잠들고, 어떤 자는 머나먼 고을로 쓸쓸히 떠난다.
운명은 보고 있다, 우리들은 시들고 세월은 흐른다,
눈에 띄지 않게 허리를 구부리고 몸이 식어가면서
우리들은 대지의 품으로 다가가고 있다……
우리들 중의 누가 늘그막에 리쎄이의 날을
외로이 축하하게 될까?

불행한 벗이여! 새로운 세대 사이에서
따분하고 볼일없는 낯선 손님으로
그는 떨리는 손으로 흐르는 눈물을 감추고
우리들을, 지난날의 맺음을 회상하리라……
그때에는 그로 하여금 비록 슬플지라도 기쁜 마음으로
이날을 위하여 잔을 비우게 할지어다,
지금 황제의 노여움을 사 숨어 사는 내가

유배지에서 슬픔도 걱정도 잊고 이날을 보내듯이.

[1825]

희망의 불꽃이 피 속에서 불타고*

희망의 불꽃이 피 속에서 불타고
넋은 그대에게 사로잡혀 있노라,
나에게 입을 맞추어라—그대의 입맞춤은
꿀보다도, 술보다도 달콤하다.
부드러운 머리를 나에게 기대어라,
편안히 잠을 청하리로다,
즐거운 낮이 잠들고
밤의 그림자가 드리워질 동안.

[1825]

프라스코비야 오시포바[1]에게

내가 평화로운 유배지에 남아,
그리운 옛시절을 아쉬워하고
한가로운 마음으로 마을의 뮤즈의 속삭임에
조용히 귀를 기울이고 하는 것도
이제 머지않을는지도 모르오.

그러나 멀리 타향에 있더라도
내 생각은 언제나 트리고르스코예의
마을 주위를 떠돌아다닐 것이오
풀밭, 시냇가, 언덕 위,
피나무에 덮인 정원을.

해가 지고 땅거미가 깔릴 즈음
깊은 무덤 속에서
이따금 수심에 찬 그림자 하나가
고향 땅으로 날아가
그리운 사람들에게 귀여운 눈길을 던질 것이오.

[1825]

---

1) Praskoviya Osipova(1781~1859): 미하일로프스코예 마을과 인접한 트리고르스코예 마을의 여지주. 이 무렵 푸쉬킨은 외국으로 달아나려고 생각했었다.

폭풍우

물결이 할퀴고 있는 바위 위에
소복담장한 한 처녀가 앉아 있다,
거친 안개 속에서 사나움을 부리며
바다는 바닷가 언덕을 치고 있고
번갯불은 줄곧 진홍의 섬광으로
그녀를 비추며
가벼운 소복은
바람에 나부끼며 파닥이고 있다.
거친 안개 낀 바다,
섬광이 번득이는 잿빛 하늘의 아름다움이여,
그러나 보라—물결보다, 하늘보다, 폭풍우보다
아름다운 바위 위의 처녀의 자태를.

[1825]

겨울 저녁[1)]

폭풍은 하늘을 안개구름으로 뒤덮으며
눈보라가 소용돌이치고 있다,
폭풍은 사나운 짐승처럼 으르렁거리는가 하면
어린아이처럼 울어대기도 하고
낡아빠진 지붕 위에서
이엉의 짚을 흔들어 소리내기도 하며
날 저물어 찾아온 나그네처럼
우리 집 창문을 두드리기도 한다.

쓰러져가는 우리 오두막집은
슬프고 어두컴컴하다.
나의 할멈[2)]이여, 당신은 어찌 창가에 잠자코 앉아 있는가?
나의 벗이여, 너는 지쳤는가,
폭풍우의 으르렁거리는 소리에
물레의 윙윙거리는 소리에
졸고 있는가?

---

1) 어머니의 소유지인 미하일로프스코예 마을에 유배당해 있을 때 유모인 아리나 로지오노브나Arina Rodionovan(1758~1828)와 단둘이서 생활했을 때의 작품.
2) 유모를 가리킨다.

마시자꾸나, 나의 가련한
젊은 시절의 착한 벗인 여인이여,
마시고 슬픔을 떨쳐버리자, 술잔은 어디 있는가?
마음이 한결 즐거워질 것이다.
내게 노래를 들려다오, 박새 한 마리가
바다 저 건너편에 조용히 살던 이야기를,
내게 노래를 들려다오, 처녀가
아침 일찍 물길러 간 이야기를.

폭풍은 하늘을 안개구름으로 뒤덮고
눈보라가 소용돌이치고 있다,
폭풍은 사나운 짐승처럼 으르렁거리는가 하면,
어린아이처럼 울어대고 있다.
마시자꾸나, 나의 가련한
젊은 시절의 착한 벗인 여인이여,
술을 마시고 슬픔을 떨쳐버리자, 술잔은 어디 있는가?
마음이 한결 즐거워지리라.

[1825]

들판의 저 끝에 핀 꽃은*

들판의 저 끝에 핀 꽃은
화사하게 일찍 핀 꽃보다 사랑스럽다.
그것들은 음울한 꿈을
우리들 가슴속에 한결 더 생생히 되살아나게 한다.
그처럼 때때로 이별의 시간은
달콤한 만남보다 한결 더 생생히 마음에 남기도 한다.

[1825]

예언자[1)]

넋의 갈증에 지쳐버린 내가
어두운 황야에서 헤매고 있을 때
갈림길에서 내게
날개가 여섯 개 달린 세라핌 천사가 나타났다.
그는 꿈과도 같은
가벼운 손가락으로 내 눈을 만졌다.
예언의 힘을 얻은 눈이 열렸다,
놀란 암독수리의 그것 같은.
그는 내 귀를 만졌다,
내 귀는 소음과 울림소리로 가득 찼다—
나는 하늘의 전율에 귀기울였다,
천상의 천사들이 하늘을 나는 소리,
바다 파충류가 물 밑을 기는 소리.
골짜기 포도덩굴의 눈 트는 소리.
그는 내 몸 위로 몸을 숙여
내 죄 많은 혀를 뽑았다,

---

1) 이 시는 러시아의 귀족 청년장교들의 정치결사 12월당 당원들에 대한 판결이 내려진 바로 뒤에 씌여졌다. 이 시는 성서의 모티프, 특히 예언자 이사야 가운데의 모티프의 개작으로 푸쉬킨은 비유(예언자-시인)로 성서의 형상을 이용하고 있다. 이 시와 더불어 푸쉬킨은 12월당 사건에 바쳐진 혁명적 기분에 찬 똑 같은 시제의 다른 시를 쓰고 있다.

쓸데없는 말을 내뱉은 교활한 혀를,
그리고 간교한 뱀의 독을 품은 혀를
굳어버린 내 입 속에
피 묻은 오른손을 집어넣었다.
그는 칼로 내 가슴을 잘라,
뛰는 심장을 끄집어내고
활활 불길이 타오르는 석탄을
벌려진 가슴속으로 집어넣었다.
나는 광야에서 송장처럼 누워 있었다,
그리고 신의 목소리가 나에게 큰소리로 호소하였다—
"일어서라, 예언자여, 보아라, 귀기울여라,
내 의지로 몸을 채워
바다와 땅을 두루 돌아다니며
사람들의 가슴을 말로써 태우라."

[1826]

겨울 길

물결치는 안개 사이로
달이 살며시 나타나
슬픈 들판에
슬프게 빛을 붓는다.

쓸쓸한 겨울 길을
트로이카가 쏜살같이 달린다,
단조로운 말방울소리가
따분하게 울린다.

마부의 한가로운 노래에선
무엇인지 정다운 가락이 들린다—
위세 좋은 술판의 떠들썩함,
마음속의 애수가……

불빛도 없고 검은 초가집도 없고……
황량한 눈의 벌판……
이따금 줄무늬로 칠한
이정표만 만날 뿐이다.

쓸쓸하다, 슬프다…… 니나, 내일은,

내일은 사랑스러운 너에게로 돌아가,
난롯가에서 모든 것을 잊고,
너를 실컷 쳐다보리라.

시계바늘은 소리를 내며
정확한 원을 그릴 것이고,
한밤은 우리들을 갈라놓지 않을 것이다,
훼방꾼들을 멀리 떼어놓음으로써.

우울하구나, 니나—길이 쓸쓸하여,
마부는 조느라고 노래를 그쳤다,
말방울소리는 단조롭고
달빛은 몽롱하다.

[1826]

스첸카 라진[1]의 노래

1

넓은 볼가 강을 따라
코가 뾰족한 거룻배가 미끄러져나온다,
거룻배에는 노를 젓는 대담한 사람들,
젊은 카자크 사람들이 타고 있다.
주인은 고물에 앉아 있다,
주인은 무서운 스첸카 라진,
그 앞에 한 미모의 처녀,
사로잡힌 페르시아의 공주.
스첸카 라진은 공주를 바라보지 않고
어머니 볼가를 바라보고 있다.
스첸카 라진은 몇 마디 입을 열었다—
"오, 그대 어머니인 볼가여!
철부지 적부터 나를 길러주었고,
긴긴밤 나를 흔들며 자장가를 불러주었고

---

1) Sten'ka Razin(1630~1671): 1670~1671년에 일어난 농민 전쟁의 지도자인 돈 카자크. 농민 전쟁 실패 뒤 카자크 상층부에 의하여 차르 정부에 인도되어 처형당했다. 푸쉬킨이 기록한 민요 가운데는 스첸카 라진에 관한 것이 몇 있다. 이 같은 노래들은 민요 가락으로 쓰려는 푸쉬킨의 초기 시도의 하나로 문학적 측면에서 흥미롭다. 이 시는 당국의 검열로 발표가 금지되었다.

날씨가 나쁜 날에는 졸지도 않고

젊은 나를 보살펴주었는가 하면

내 부하인 카자크 사람들을 스스로 돌보아주었다.

그런데도 우리들은 아직까지 그대에게 아무것도 해준 것이 없도다."

무서운 스첸카 라진은 훌쩍 뛰어일어나

페르시아의 공주를 불끈 들어올리더니

아름다운 처녀를 볼가에 던졌다,

어머니인 볼가에 그것으로 인사를 했다.

2

스첸카 라진은 아스트라하니 고을로

장사를 하러 다녔다.

원님은

공물을 요구했다.

스첸카 라진은 바쳤다

일광단,

월광비단을—

금실로 짠 비단을.

원님은 털외투를
달라고 했다.
털외투는 자락도
새로운 값진 것이다
하나는 해리,
하나는 검은 단비.
스첸카 라진은
털외투를 주지 않는다.
"스첸카 라진, 내놓아라,
털외투를 벗어서 건네어라!
건네지 않으면 목을 매달겠노라
개가죽 털외투를 씌워
허허벌판의
푸른 떡갈나무,
푸른 떡갈나무 위에다."
스첸카 라진은
잠시 생각하고 나서
"좋소, 원님,
빼앗으려거든
빼앗아보시오,
한바탕 난리가 날는지도 모르오."

3

말발굽소리도 아니고 사람들의 말소리도 아니다,
나팔수의 나팔소리가 들판에서 들려오는 것은 아니다,
바람이 휘몰아치며 윙윙거리고 있는 것이다,
휘몰아치며 윙윙거리며 포효하고 있는 것이다.
나를, 스첸카 라진을 부르고 있는 것이다
푸른 바다로 나서라는 것이다—
"담찬 젊은이여, 용맹한 도둑이여,
용맹한 도둑이여,
거침없는 난폭자여,
그대의 빠른 돛단배에 타
아마포의 돛을 올리고
푸른 바다를 달려라.
그대는 세 척의 배를 만나리라—
첫째 배에는 황금
둘째 배에는 은
셋째 배에는 아름다운 처녀가 타고 있으리라."

[1826]

I. I. 푸시친[1]에게

내 처음 사귄 친구, 더할 나위 없이 소중한 친구여!
인적 드문 우리 집 마당에
슬픈 눈이 덮이고
자네 썰매의 말방울소리가 울렸을 때
난 운명에 감사했다.

나는 거룩한 신에게 기도한다—
내 목소리가 자네 마음에
똑 같은 위안을 주고
내 목소리가 학교 시절의 밝은 빛으로
자네의 유폐 생활을 환하게 비추기를!

[1826]

---

1) Ivan Pushchin: 리쎄이 시절부터 푸쉬킨의 가장 친했던 벗으로 12월당 당원. 12월당 혁명 운동으로 시베리아에 유형당한 푸시친에게 써보낸 시. 1825년 1월의 어느 눈 오는 날 미하일로프스코예에 유폐당한 푸쉬킨을 몰래 찾아간 일이 있었다. 12월당 혁명 운동으로 시베리아에 유형당한 12월 당원들의 아내들 중 한 사람인 니키타 무라비요프의 아내를 통해 1828년 1월 5일 치타의 푸시친에게 전달되었다.

내 쓰라린 시절의 벗인 여인이여*

내 쓰라린 시절의 벗인 여인이여,
사랑스런 늘그막의 여인이여!
인적 드문 소나무숲에서 홀로
당신은 오래도록 나를 기다리고 있다.
밝은 방의 창문 밑에서
마치 망을 보는 초병哨兵처럼 슬퍼하고 있다.
당신의 주름진 손에서
뜨개바늘은 쉼없이 천천히 움직이고 있다.
잊혀진 대문 밖
멀리뻗어 있는 어둑한 길을 바라보고 있다—
우수, 예감, 근심걱정이
당신의 가슴을 시시각각 짓누르고 있다.
그런 것 같은 느낌이 들어…….

[1826]

시베리아 광갱 깊숙한 곳[1)]*

시베리아 광갱鑛坑 깊숙한 곳,
자랑스러운 참을성을 간직하리니,
그대들의 슬픔에 찬 노동
생각의 높은 바람은 헛되지 않을 것이오.

불행에 등을 돌리지 않는 정실한 누이,
음침한 땅굴 속의 희망이
용기와 기쁨을 불러일으켜,
고대하던 때가 찾아올 것이니—

사랑과 우정은 어두운 철대문을 통해
당신들에게 이를 것이오,
나의 자유의 목소리가
당신들의 고역苦役의 굴에 이르듯이.

무거운 족쇄가 떨어지고
옥사獄舍가 허물어지면—자유가
당신들을 기쁘게 맞이하며
형제들이 당신들에게 칼을 건네줄 것이오. [1827]

1) 이 시는 시베리아로 유형당하여 징역을 살고 있던 12월 당원들에게 보내어졌던 것이다.

스탠저[1)]

영광과 선행의 희망 속에
나는 아무 두려움 없이 앞을 바라본다—
표트르의 영광스런 날의 시작은
폭동과 사형死刑으로 어두워졌다.

그러나 그는 진리로 사람들의 가슴을 끌어들였고,
과학으로 풍습을 순화시켰다,
그의 앞에서는 돌고루끼가
광포한 친위병과 구별되었다,

전제의 손으로 그는
거리낌없이 교육의 씨를 뿌렸고,
조국을 업신여기지 않았다—
조국의 숙명을 잘 알고 있었다.

---

1) 18~19세기에 나타난 서정시로서, 시의 규모가 작으며 연의 구조는 복잡하지 않고 대개의 경우 4행을 구성 단위로 하고 있다. 이 작품은 혁신적 표트르 대제에 대한 열렬한 찬미로 당시의 니콜라이 1세에게 혁신을 요구하고 있는 정치적 교훈을 담고 있다. 둘째 연에서 푸쉬킨은 정계 소수파를 옹호하고 있고 다음의 두 연에서는 프로그램의 실제적 항목, 즉 국민 교육과 산업의 발전에 대해서 쓰고 있다. 마지막 연의 맺는 행에서는 12월 당원들의 정치적 특사의 필요성을 직접적으로 조언했다.

학자이기도 하고 영웅이기도 하며
항해가이기도 하고 목수이기도 한
그는 모든 것을 감싸안는 넓은 가슴을 가지고
옥좌에 앉은 영원한 일꾼이었다.

가문을 자랑스러워할지어다,
모든 점에서 먼 조상을 닮을지어다—
그처럼 지칠 줄 모르고 강인하며
그처럼 머리 속에 떠오르는 모습은 선량하다.

[1827]

꾀꼬리와 장미

봄날의 밤안개가 자욱한 괴괴한 뜰 안
동방의 꾀꼬리가 장미 위에서 노래부른다.
그러나 화사한 장미는 느끼지도 못하고 들리지도 않는 양
사랑의 찬가를 들으면서도 흔들거리며 졸고 있다.
자네도 냉담한 여인을 위하여 노래를 부르고 있잖나?
오, 시인이여, 정신차리게, 자네는 무엇을 찾고 있나?
그 여인은 자네의 노래를 듣지도 않고 느끼지도 못한다,
필시 꽃을 피우고 있다, 하지만 불러도 대답이 없다.

[1827]

시인[1]

아폴로 신神이 신성한 희생자로
시인을 불러내기 전에
그는 부질없는 세상의 번민 속에
무기력하게 가라앉아 있다,
그의 성스러운 리라는 울리지 않고,
영혼은 얼어붙은 꿈을 먹는다,
이 세상 보잘것없는 아이들 가운데,
아마도 그는 가장 미미하리라,

그러나 신의 음성이
예민한 청각에 와 닿기만 하면,
시인의 영혼은,
잠을 깬 독수리처럼 약동한다.
그는 이 세상의 위안 속에서 괴로워하고
사람들의 소문을 멀리한다,
민중에게 숭배받는 것의 발치에
자랑스런 머리를 숙이지는 않는다,
야성적이고 엄숙한 그는
소리와 혼돈에 가득 차

---

1) 12월당 혁명 운동의 괴멸 뒤의 푸쉬킨의 감정이 특징적으로 나타나 있다.

황량한 바닷가로
또 넓게 술렁이는 떡갈나무숲 속으로 달려간다.

[1827]

1827년 10월 19일[1)]

벗들이여, 그대들에게 신의 가호가 있기를,
삶, 차르에의 봉사의 걱정에,
거칠 것 없는 우정의 술자리에,
사랑의 달콤한 비밀스러움에!

벗들이여, 그대들에게 신의 가호가 있기를,
폭풍우 속에서, 삶의 슬픔 속에서,
타향 땅에서, 황량한 바다에서,
캄캄한 땅굴 속에서!

[1827]

1) 리쎄이 기념일에 바쳐진 이 시에는 12월 당원이었던 푸쉬친과 큐헬리베케르에의 인사말이 담겨져 있다. 푸쉬킨은 마지막 행 때문에 주의를 받았다.

아리온[1]

우리들은 여럿이서 통나무배를 타고 있었다.
더러는 돛을 잡아당기고,
나머지는 노를 힘차게
물 속 깊이 저어나갔다.
키에 몸을 기대면서 우리들의 현명한 타수舵手는
침묵 속에 무거운 통나무배를 저어나갔다.
그러나 나는—천진난만한 믿음으로 가득 찬 나는—
노젓는 사람들에게 노래를 불러주고 있었다…… 갑자기 시나운 회오리바람이
내리덮쳐 파도의 품을 뒤엎었다……
타수도 노를 젓는 사람도 죽었도다!
신비로운 가수인 나만이
번개에 의해 해안에 내던져졌다,
그 전날의 찬미가를 지금도 부른다
그리고 바위 아래 햇볕에
축축한 옷을 말린다.

[1827]

---

1) 기원전 7~6세기 무렵의 그리스의 합창 찬미가의 시인으로 항해 중에 배가 난파했을 때 그의 아름다운 노랫소리를 전부터 듣고 반했던 돌고래에게 혼자만 구출되었다는 전설이 있다. 그것에 빗대어 푸쉬킨의 벗들은 모두 12월당 혁명 운동 사건으로 붙잡혔는데 푸쉬킨 혼자만 아리온처럼 남았다는 기분을 담고 있다.

세 군데의 샘

이 세상 슬프고 광막한 황야에
비밀스러운 세 군데의 샘이 솟아올랐다—
젊음의 샘, 차분함이 없는 빠른 샘은
들끓으며 줄달음질치며 반짝이며 콸콸 소리를 낸다.
시詩의 샘은 영감의 물결로
이 세상의 황야에서 추방당한 자들의 목을 축여준다.
나머지 한 군데의 샘은 차디찬 망각의 샘으로
그 어느것보다도 달콤하게 심장의 열을 가라앉혀준다.

[1827]

나를 지켜다오, 나의 부적이여*

나를 지켜다오, 나의 부적符籍이여,
고통의 나날, 회환,
불안의 나날에 나를 지켜다오—
너는 슬픔의 날에 나에게 주어졌도다.

대양大洋이 내 주위에
노도怒濤를 일으킬 때,
먹구름이 뇌성벽력을 칠 때
나를 지켜다오, 나의 부적이여.

이국 땅의 외로운 삶,
따분한 평온함의 품,
열화 같은 전투의 불안 속에서
나를 지켜다오, 부적이여.

고결하고 달콤한 기만欺瞞,
마음의 꿈처럼 아름다운 별이……
자취를 감추었도다, 등을 돌렸도다……
나를 지켜다오, 나의 부적이여.

추억이여, 다치지 말아다오 영원히

가슴을 우비어 파는 상처를,
잘 있거라 희망이여, 잠들어라 염원이여,
나를 지켜다오, 나의 부적이여.

[1827]

예카테리나 니콜라예브나 카람지나[1]에의 찬가

신의 뜻으로 폭풍우 속에서 구출되어
마침내 물에 다다른
뱃사공이 성모 마리아에게
경건한 마음으로 선물을 가지고 갑니다.
저 또한 감동으로 가슴이 꽉차
제 볼품없는 시들어버린 화관을
드높은 거룩한 하늘의 정적 속의
높은 별이신 당신에게 바칩니다.
우리들의 신앙심이 깊은 눈에
그처럼 아름답게 빛나고 있는 당신에게.

[1827]

1) Ekaterina Nikolaevna Karamzina(1806~1867): 대작가 니콜라이 카람진의 딸로 푸쉬킨과 친교를 가졌다. 이 시는 아리온의 테마와 연관된 것이며 폭풍우는 12월 당원들의 괴멸을 암시하고 있다.

예카테리나 우쉬아코바[1)]

당신에게서 멀리 떨어져 있더라고
당신과 함께 있을 겁니다.
올연한 듯한 입, 올연한 듯한 눈을
잊지 못하여 가이없이 괴로워할 겁니다,
괴로움에 시달릴지라도
나는 위안을 받지 않으렵니다—
내가 형장의 이슬로 사라진다면
당신은 나를 생각하고 한숨을 지으시겠습니까?

[1827]

1) 푸쉬킨이 한때 연모했던 모스크바의 알음알이인 여인.

그대와 당신[1)]

그녀는 무심코 당신이라는 공허한 말을
그대라는 다정한 말로 바꾸었다
그리하여 넋을 잃은 마음속에
온갖 행복한 꿈을 불러일으켰다.
나는 그녀 앞에 깊은 생각에 잠겨 서 있다,
그녀에게서 눈을 뗄 수 없다,
당신은 참으로 사랑스럽구려! 하고 말한다.
그리는 나는 정말로 그대를 사랑한다—하고 생각한다.

[1828]

---

1) 이 시를 쓴 동기에 대해서는 예술 아카데미 총재 올레닌 씨의 딸 안나 올레니나의 다음과 같은 메모가 증명하고 있다. "안나 올레니나가 푸쉬킨에게 그대라고 말함으로써 잘못을 저질러 다음 일요일에 푸쉬킨이 이 시를 가지고 왔다." 1828년 여름 푸쉬킨은 올레닌 씨 집을 줄곧 찾아다녔고 안나 올레니나에게 청혼까지 하였으나 결혼은 이루어지지 않았다.

회상

사람들을 위하여 낮의 소란스러움이 가라앉고
　　　　　도시의 괴괴한 광장을
반투명한 그림자와
　　　　　낮 동안의 고단한 일의 포상인 잠이 깔릴 적
나에게는 지루한 불면의 시간이
　　　　　정적 속에서 흐른다—
하는 일 없는 한밤중 내 마음속에서
　　　　　분한 회한의 뱀들이 활활 불탄다,
공상이 끓어오른다, 애수에 짓눌린 머리 속에서
　　　　　무거운 생각이 넘친다
회상이 말없이 내 앞에서
　　　　　긴 두루마리를 펼친다,
혐오의 눈으로 내 삶을 되읽으면서
　　　　　나는 몸을 떨며 저주하며
아프게 흐느껴 울며 쓰라린 눈물을 흘린다,
　　　　　그러나 슬픈 글줄을 씻어버리지는 못한다.

[1828]

예감

정적 속에서 내 머리 위에
먹구름[1]이 다시 모여들었고,
시샘하는 운명은 다시
불행으로 나를 위협한다……
운명을 멸시할까?
자랑스런 내 젊은 날의
불굴의 의지와 인내로
운명에 맞설까?

파란 많은 삶에 지쳐버린 나는
냉담하게 폭풍을 기다린다—
어쩌면 아직 구원받을지도 모른다는 생각에,
다시 부두를 찾게 될 것이다……
하지만 이별을 예감한다,
피할 수 없는 준엄한 때를,
나의 천사, 너의 손을 마지막으로
한번 쥐어보고 싶구나.

---

1) 반종교적인 키쉬노프의 서사시 「가브릴리아다」를 필사로 몰래 유포시킨 책임을 추궁당하고 경찰의 비밀감시를 받게 된 것을 이처럼 표현한 것이다. 또한 자기 처지의 불확실성을 느끼고 새로운 유형을 예기하면서 남러시아로 유배당했었을 때의 청년기의 의연함, 근기를 회상하고 있기도 하다.

온순하고 조용한 천사[2]여,

나지막이 내게 말해요—안녕이라고,

슬퍼해요—그대의 다정한 눈길을

쳐들거나 떨구어요,

그러면 당신의 회상은

내 마음의 힘과 긍지와 희망을

그리고 젊은 시절의 용기를

대신할 것이오.

[1828]

2) 예술 아카데미 총재 알렉세이 올레닌의 딸 안나 올레니나(1808~1888)를 가리킨다.

꽃

책갈피에 끼워져 시들고 향기 잃은
잊혀져버린 꽃을 보고 있노라면,
어느새 내 마음은 이상한 꿈으로 가득 채워진다—

어디서 피었을까? 언제? 어느 해 봄에?
오랫동안 피었을까? 또 누구 손에 꺾였을까,
아는 사람, 혹은 낯모르는 사람의 손일까?
그리고 여기에는 무엇 때문에 놓여 있을까?

다정한 해후를,
아니면 운명적인 이별을 기념하기 위함인가,
그도 아니면 들판의 정적 속에서, 숲의 나무 그늘에서
외롭게 거닐다가?

지금 그는 살아 있을까? 그녀는 살아 있을까?
그들의 삶터는 어디일까?
아니면 벌써 시들어버린 것일까?
이 알지 못할 꽃처럼.

[1828]

아름다운 그대, 내 앞에서*

아름다운 그대, 내 앞에서
슬픈 그루지야의 노래를 부르지 마오—
그것들은 내게 다른 삶을,
머나먼 강변을 떠오르게 한다오.

아아! 그대의 가혹한 가락은
초원과 밤을 떠오르게 하고,
달빛 아래에서는 멀리 있는
가련한 처녀의 모습을 떠올리게 한다오!

나는 그대를 보고,
숙명적이고 정다운 환상을 잊건만,
그대는 노래를 부르고—내 앞에서
나는 다시 그것을 상상해본다.

아름다운 그대, 내 앞에서는
슬픈 그루지야의 노래를 부르지 말아요—
그것들은 내게 다른 삶을,
머나먼 강변을 떠오르게 한다오.

[1828]

1828년 5월 26일[1)]

헛된 선물이여, 뜻밖의 선물이여,
삶, 너는 무엇 때문에 나에게 주어졌나?
혹은 어찌 너는
비밀스런 운명에 의해 사형을 선고받았는가?

누가 나를 적의에 찬 권력으로
보잘것없는 처지에서 불러내어,
내 넋을 격정으로 가득 채우고,
의혹으로 이성을 물결 일게 했는가?

내 앞에는 목적이 없다—
가슴은 공허하고 이성은 무위롭다,
생활의 단조로운 소음이
우울함으로 나를 괴롭힌다.

[1828]

---

1) 이 시의 시제는 푸쉬킨의 생일이다. 1826년 8월 말 푸쉬킨은 미하일로프스코예 마을에서 모스크바의 니콜라이 1세에게로 불려나와 그 뒤로 그의 감독 아래 놓이게 되었는데 그 같은 답답한 기분을 생일 선물이라고 하여 노래하고 있다.

독毒나무[1)]

야위고 황량한 사막에
폭염으로 작열하는 대지 위에
준엄한 초병과 같이
독나무는 온 세상에 홀로 서 있다.

목마른 광야의 자연은
분노의 날에 그를 낳았다,
그리고 가지의 생기 잃은 푸르름과
뿌리를 독으로 취하게 하였다.

독은 껍질을 나와 뚝뚝 흐르며,
한낮에는 폭염에 녹고,
저녁에는 빽빽하고 투명한
수지樹脂로 굳는다.

새도 그에겐 날아들지 않는다.

---

1) 이 시는 여행자들에 의하여 전하여진 자바 섬에서 자라는 유퍼스-안챠르란 이름의 독나무에 대한 반전설적인 정보에 기초하고 있다. 이 독나무는 주변의 공기를 독으로 차게 하여 가까이에 있는 모든 것을 죽게 하며 옛날에는 그 유독한 수액을 화살촉에 발랐고 사형 선고를 받은 자로 하여 그 수지를 채집했다고 한다.

호랑이도 다가가지 않는다—오직 검은 회오리바람만이
죽음의 나무에 부딪고—
이내 유독한 바람이 되어 저 멀리 질주한다.

구름이 배회하다
독나무의 그 무성한 잎에 물을 뿌리면
유독한 그 가지로부터
뜨거운 모래로 물이 흘러내린다.

그러나 고압적인 시선으로
인간이 인간을 독나무로 보냈다—
고분고분 길을 떠났던 그는
아침에 독을 가지고 돌아왔다.

죽음의 수지를 그는
시든 잎에 달린 가지와 함께 가져왔다,
이마에 흐르는 땀은
차가운 시냇물이 되어 줄줄 흘렀다.

가지고 오자—몸이 쇠약해져 드러누웠다
오두막의 천장 아래 피나무 껍질의 멍석 위에,

무적의 군주 다리 곁에서
가엾은 노예는 숨을 거두었다.

황제는 그 독을
자신의 충실한 화살촉에 가득 적셔
화살과 함께 파멸을
국경 너머 이웃들에게 보냈다.

[1828]

아직 차가운 바람이 불어*

아직 차가운 바람이 불어
새벽 추위를 몰고 온다.
봄이 되어 눈이 녹은 곳에는
철 이른 꽃이 이제 막 피어났고,
마치 기이한 밀랍의 나라 같은,
향기롭고 달콤한 방에서
첫 꿀벌이 날아왔다.
아름다운 봄을 살펴볼 양으로
철 이른 꽃을 따라 날아다닌다,
곧 귀한 여자 손님이 찾아올까,
풀밭은 곧 푸르름을 띨까,
울창한 자작나무에서
곧 끈끈한 어린 잎이 피어나고,
푸근한 구름나무는 꽃을 피우기 시작할까 하고.

[1828]

카프카즈

카프카즈가 내 발 아래 누워 있다. 벼랑 끝
눈 위의 높은 곳에 홀로 서 있다—
한 마리 독수리가 저 멀리 높은 곳에서 날아올라
나와 같은 높이에서 꼼짝도 않고 떠 있다.
나는 물흐름의 근원을,
무서운 눈사태의 첫 움직임을 본다.

여기에서는 먹구름이 내 발 아래를 얌전히 흘러간다,
먹구름을 통하여 폭포가 떨어지며 천지를 뒤흔든다,
그 밑으로 벌거벗은 거대한 바위의 무리,
더 낮은 데의 빈약한 이끼, 마른 덤불,
저편엔 벌써 숲, 녹음,
작은 새들이 지저귀며 사슴이 달린다.

그리고 저 산에는 사람들이 둥지를 틀고 있고
양들이 풀이 우거진 물가를 기고 있다,
목동은 즐거운 골짜기를 내려간다,
그늘진 강 언덕 사이로 아라그바 강이 내닫고 있는,
가난한 기수騎手가 협곡으로 숨는다,
테레크 강이 기뻐 어찌할 줄 모르며 뛰놀고 있는.

쇠우리 안에서 먹이를 본
어린 짐승처럼 날뛰며 포효한다,
쓸데없는 적의를 품고 강언덕에 부딪힌다
굶주린 물결로 바위를 핥으며……
아, 하지만 먹이도 없고 기쁨도 없다—
귀먹은 거대한 바위의 무리에 짓눌릴 뿐.

[1829]

눈사태

거뭇한 바위에 부서지면서
큰 물결이 요란스레 소리를 낸다, 물거품을 일으킨다,
내 머리 위에서는 독수리들이 서로 외쳐대며
　　소나무숲이 투덜거리고
물결치는 안개 사이로
　　산꼭대기가 반짝인다.

거기에서 눈이 한번 갈라지더니
무거운 굉음을 일으키며 무너져내렸다,
바위 사이의 틈새를 모두
　　메우며
테레크 강의 거친 물결을
　　멈추게 했다.

별안간 야위고 온순해지더니
오, 테레크 강이여, 너는 노호를 멈추었다,
그러나 뒤에서 밀려오는 물결의 끈질긴 분노는
　　눈을 부쉈다……
너는 사나워지면서 강언덕을
　　잠기게 했다.

무너져내린 눈은
오래 녹지 않는 가슴을 벌리고 누웠다,
심술궂은 테레크 강은 그 밑을 달리며
　　물보라와
요란스레 떠들어대는 물거품으로
　　얼음 천장을 적셨다.

그 위로 큰길이 났다—
말이 달리고 소가 걷고
광야의 장사아치가
　　낙타를 끌고 건넜다,
지금은 하늘사람 아에올루스만이
　　지나다니는.

[1829]

카즈베크의 수도원[1)]

　산의 무리 위에 높이 솟은
카즈베크, 너의 장엄한 첨탑은
영원한 빛에 반짝이고 있다.
너의 수도원은 구름 뒤에서
하늘을 흘러가는 노아의 방주처럼
보일 듯 말 듯 산 위를 날고 있다.

　머나먼 대망의 강언덕이여!
골짜기에 작별을 고하고
저 자유로운 산정에 올라가고 싶도다!
저 구름 위에 수도원에,
산 곁에 몸을 숨기고 싶도다!

[1829]

1) 푸쉬킨은 카즈베크 지맥의 하나에 있는 고대 교회 쓰민다 사메바를 염두에 두고 이 시를 썼다.

그루지야의 언덕 위에는 밤안개가 깔려 있고*

그루지야의 언덕 위에는 밤안개가 깔려 있고
내 앞에서는 아라그바 강의 강물이 물소리를 내고 있다.
내 마음은 쓸쓸하고 가벼우며, 나의 슬픔은 밝다,
나의 슬픔은 너로 가득 차 있다,
너, 오직 너 하나만으로…… 어느것도
나의 우울함을 괴롭힐 수도 깨뜨릴 수도 없다,
가슴은 다시 불타올라 사랑을 찾는다—
사랑하지 않을 수 없어.

[1829]

나는 당신을 사랑하고 있었습니다*

나는 당신을 사랑하고 있었습니다—사랑은 아직
나의 영혼 속에서 완전히 사라지지는 않았으리라,
하지만 그 사랑이 더 이상 당신을 괴롭히지도 않으리라,
어떻게든 나는 당신을 슬프게 하고 싶지 않습니다.
나는 당신을 사랑하고 있었습니다, 아무 말 없이, 희망도 없이,
혹은 겁에 질린 듯, 혹은 질투로 괴로워하며,
나는 당신을 성실하고 부드럽게 사랑하고 있었습니다,
부디 다른 사람에게서 똑같은 마음으로 사랑을 받게 되기를
빕니다.

[1829]

11월 2일*

11월 2일

겨울, 시골에서 무엇을 하지?

아침에 내게 차를 가져오는 하인을 맞아

나는 이렇게 물어본다—따뜻하느냐? 눈보라는 그쳤느냐?

방금 내린 눈이 쌓였느냐 어떻느냐? 잠자리에서 일어나

말을 탈 수 있을까, 아니면 점심때까지

이웃의 낡은 잡지나 뒤적이는 것이 더 나을까?

막 내린 눈. 우리는 일어나 곧장 말에 올라

아침의 첫 햇살을 받으며 들판을 달린다,

손에는 긴 채찍, 뒤로는 개들을 거느리고,

새하얀 눈을 부지런히 바라본다,

짐승 발자국을 찾아 빙글빙글 돌고, 늦게까지 이리저리 뛰어 다니며

두 마리의 토끼를 몰다 놓치고 집으로 돌아온다.

얼마나 흥겨운가! 저녁이다—눈보라가 울부짖는다,

양초는 어둡게 타오르고. 가슴이 죄어오며 쑤신다,

한 방울씩 천천히 나는 권태의 독약을 삼키고 있다.

책을 읽고 싶다. 눈은 글자 위를 미끄러지며 지나가는데

생각은 멀리 가 있다…… 나는 책을 덮는다,

펜을 쥐고 책상 앞에 앉는다, 졸고 있는 뮤즈로부터

조리 없는 말들을 억지로 끄집어낸다.

소리가 어울리지 않는다…… 나는 모든 권리를 잃어버린다,
압운押韻에 대해서, 이상야릇한 나의 하녀에 대해서—
시행詩行은 생기 없이 늘어져 차갑고 어렴풋하다.
지쳐버린 나는 영감과의 다툼을 그치고,
객실로 간다, 거기서 이야기를 듣는다,
가까워진 선거와 설탕 공장에 대한 이야기를,
안주인은 이즈막의 날씨처럼 얼굴을 찌푸리며
쇠뜨개바늘을 재빨리 움직이는가 하면
하트의 왕의 점을 치고 있다.
그리움! 이처럼 쓸쓸한 벽지에서 하루 이틀 날이 간다!
하지만 내가 장기를 두며 한쪽 구석에 앉아 있는,
저녁에 멀리서 마차나 썰매를 타고
이 슬픈 마을로
뜻하지 않은 가족—할머니와 두 처녀
(두 금발 머리의 날씬한 누이들)가 찾아온다면
이 쓸쓸한 고을은 얼마나 활기를 띠게 될까!
오, 정말로 삶이 얼마나 충실해질까!
처음에는 주의 깊은 곁눈질을,
다음에는 몇 마디 주고받다가 얘기를 나누고,
그러면 정다운 웃음도 흐르며 저녁에는 노래,
발랄한 왈츠, 식탁 머리의 속삭임,

나른한 눈빛, 들뜬 말,

좁은 층계에서의 발걸음이 느린 만남,

처녀는 땅거미가 찾아들면 바깥 현관으로 나간다—

목과 가슴이 드러나 있고 그녀의 얼굴에 눈보라가 휘몰아 친다!

하지만 북녘의 폭풍은 러시아 장미에 해롭지 않다.

추위 속에서도 입맞춤은 얼마나 뜨겁게 타오르는가!

러시아 처녀는 눈발 속에서도 얼마나 싱싱한가!

[1829]

겨울 아침

혹한과 태양, 훌륭한 날이여!
매혹적인 친구, 너는 아직 졸고 있구나—
시간이 되었다, 아름다운 여인이여, 잠에서 깨어나라—
부드럽게 감긴 시선을 열고
북녘의 오로라의 여신을 맞으러
북녘의 별처럼 나오라!

어제 저녁 거세었던 눈보라를 너는 기억하리라,
흐린 하늘엔 짙은 안개가 질주하였다,
달은 흰 반점처럼,
검은 구름 너머로 노랗게 보였다,
그리고 우울한 너는 앉아 있었다—
그러나 지금은 창문을 바라보라—

푸른 하늘 아래
호화로운 융단처럼
햇빛에 반짝이며 눈이 펼쳐져 있다,
투명한 숲만이 검게 보이고
가문비나무는 서리를 뚫고 푸르게 보이며
시내는 얼음 밑에서 반짝인다.

방은 온통 호박琥珀의 광채로
빛나고 있다. 불이 지펴진 난로는
즐겁게 튀는 소리를 내고 있다.
난로 위의 침대에 누워 생각에 잠기는 것은 즐겁다.
하지만 썰매에 갈색의 암말을
채우라고 이르지 않겠는가?

아침 눈을 미끄러지며,
사랑스런 친구여, 참을성 없는 말의 질주에
몸을 맡기자꾸나,
황량한 들과
얼마 전까지도 그토록 울창하던 숲,
내가 좋아하는 강언덕을 찾아가자꾸나.

[1829]

옛날에 한 가난한 기사가 있었다*

옛날에 한 가난한 기사가 있었다,
말수가 적고 순박하고
겉보기에는 음울하고 창백한 얼굴을 하고 있지만
마음씨가 곧고 담이 컸다.

사람의 지혜에 미치지 못하는
어떤 환영을 가지고 있었으며
그 인상이 깊이
그의 마음속에 새겨져 있었다.

제네바로 여행하던 중
길가 십자가 곁에서
주 그리스도의 어머니이신
동정녀 마리아를 보았다.

그로부터 열정을 불사르고 나더니
다른 여자는 거들떠보지도 않고
무덤에 들어갈 때까지 어떤 여자와도
한마디의 말도 하려고 하지 않았다.

그로부터 강철 투구의 얼굴 가리개를

얼굴에서 들어올리지 않았고
목에는 목도리 대신
염주를 걸었다.

성부에게도 성자에게도
또 성령에게도 결코 기도하지 않았다,
충성을 맹세한 기사에게 있지 않는 일이었다,
그는 이상야릇한 사람이었다.

몇 날 며칠 밤을 꼬박
성모상 앞에 앉아 지새웠다,
슬픔에 찬 눈길을 성모의 얼굴에 모으고
조용히 눈물을 흘리면서.

믿음과 사랑으로 가득 차 있고
경건한 꿈을 지키고 있는 기사는
방패 위에 피로
'Ave, Marter Dei'[1]라고 썼다.

---

1) '성모여, 기뻐하소서'(라틴어).

한편 충성을 맹세한 기사들은
주눅든 적들을 맞아 싸우고
마음속의 여인의 이름을 부르면서
팔레스티나의 황야를 달린다.

"Lumen coelum, sancta Rosa!"[2] 하고
기사는 그 누구보다도 큰 목소리로 외쳤다,
그의 위하威嚇는 내몰았다,
사방에서 쳐들어오는 이교도들을.

머나먼 자기의 성으로 돌아오자
두문불출하고 들어앉았다,
사랑에 지치고 슬픔에 여윈 기사는
성찬식도 없이 타계했다.

한편 기사가 숨을 거두자
악마가 찾아와
기사의 넋을 제 나라로
끌고가려고 하였다—

---

2) "하늘의 빛, 거룩한 장미!"(라틴어).

저자는 신에게 기도하지 않았고
사순주간에 금식과 금육을 지키지도 않았으며,
무도막심하게도
그리스도의 어머니에게 흑심을 품었던 자로다.

그러나 성모는 따뜻한 마음으로
그를 두둔하며
자기의 충성스러운 기사를
신의 나라로 영원히 맞아들였다.

[1829]

당신에게 내 이름이 무슨 상관 있으랴*

당신에게 내 이름이 무슨 상관 있으랴?
그것은 사라질 것이오, 먼 바다언덕을 치는
물결의 슬픈 술렁임처럼,
인적 없는 숲속 한밤의 소리처럼.

그것은 기억의 종잇장 위에
알지 못할 말로 씌어진
묘비명의 무늬 같은
죽은 흔적을 남길 것이오.

내 이름이 어떻다는 거요?
새롭고 격렬한 흥분 속에 오래 전에 잊혀져
이제는 당신의 마음에 깨끗하고 부드러운
회상을 불러일으키지 못할 것이오.

그러나 슬픔의 날에 조용히
애수에 잠겨 그것을 입에 담아보시오,
나를 기억하고 있는 사람이 있노라고,
내가 그 사람의 마음속에 살고 있노라고.

[1829]

떠들썩한 길거리를 거닐거나*

떠들썩한 길거리를 거닐거나,
사람 많은 성당을 찾아가거나,
분별없는 젊은이들 사이에 앉아 있거나,
나는 내 공상에 잠긴다.

나는 말한다—세월은 쏜살같이 지나간다,
여기에 우리들이 얼마나 있건,
우리들은 모두 영원한 천장 밑으로 떠나리라—
누군가의 시간도 벌써 가까워졌노라고.

외로이 서 있는 참나무 한 그루를 보아도
나는 생각한다—이 숲의 가장家長이
조상의 세기를 살아나왔듯이
내 망각의 세기도 살아나가리라고.

사랑스러운 어린애를 어루만지노라면
나는 어느새 생각한다—잘 있거라!
너에게 자리를 넘겨주마—
나는 썩고 너는 꽃피어야 할 때이다 하고.

하루하루, 한 해, 또 한 해를

그 가운데서 이윽고 찾아올
죽음의 기념일을 점치려 하며
생각에 잠겨 보내는 버릇이 들었다.

어디에서 운명은 나에게 죽음을 보낼까?
싸움터에서일까, 나그네길에서일까, 물결 위에서일까?
혹은 가까운 골짜기가
내 싸늘한 시신을 받아들일까?

감각이 없는 몸뚱이야
어디에서 썩은들 어떠라마는,
나는 조금이라도 그리운
모국 가까이에 잠들었으면 싶구나.

무덤 입구에서
젊은 생명이 뛰놀게 하며,
조용한 자연이
영원한 아름다움으로 빛나게 하라.

[1829]

조짐

내가 당신에게 갈 때 활기찬 꿈이
뒤에서 뭉게뭉게 피어올랐다,
오른쪽에서 달이
힘차게 달리는 내 마차를 따라왔다.

내가 당신에게서 떠날 때 다른 꿈이……
사랑에 빠진 마음은 쓸쓸했다,
왼쪽에서 달이
나를 음울하게 따라왔다.

이처럼 우리 시인들은
영원한 꿈에 조용히 몸을 맡긴다,
이처럼 인연 생기는
마음의 느낌과 합치한다.

[1829]

마차를 타고 이쥐오르이 역으로 들어가면서*

마차를 타고 이쥐오르이 역으로 들어가면서
나는 하늘을 올려다보고
당신의 시선을,
당신의 푸른 두 눈을 떠올렸습니다.
비록 내가 당신의 순결한 아름다움에
슬프게 넋을 잃기도 하였지만,
비록 내가 트베리 도道에서
흡혈귀라고 불리기는 하였지만
나는 감히 당신 앞에
무릎을 꿇을 수 없었습니다,
사랑에 넋을 잃은 기도로
당신의 마음을 어지럽히고 싶지 않았습니다.
덧없는 세상사의 도취를
슬프게 즐기면서
아마 나는 잊어버릴 겁니다,
당신의 사랑스러운 얼굴도,
가벼운 몸놀림, 동작의 단정함도,
조심스럽게 주고받는 말도,
겸손한 차분함도,
간드러진 웃음, 능갈친 시선도.
만일 그렇지 않다면…… 여태까지처럼

한 해가 지난 뒤 다시
당신의 평화로운 고장에 들러
동짓달까지 당신의 사랑에 몸을 맡기겠습니다.

[1829]

시인에게

시인이여! 민중의 사랑을 소중히 여기지 마오.
열광하는 듯한 칭송도 한 순간의 떠들썩함일 뿐이니,
어리석은 자의 심판과 쌀쌀한 군중의 비웃음을 듣더라고,
그대, 굳건하고 침착하고 시무룩해야 하오.

그대는 황제—외로이 살아가시오. 자유의 길을
자유로운 지성이 그대를 이끌어가는 대로,
좋아하는 사색의 열매를 영글게 하며,
드높은 공적의 보상도 구하지 말고.

보상은 바로 당신 안에 있소. 그대 자신이 최고의 심판자요,
그대는 자기의 작품을 누구보다도 엄격하게 평가할 줄 아니.
그대는 그것에 만족하오, 의연한 예술가여?

만족하오? 그렇다면 군중에게 그것을 매도하도록 하시오,
그대의 불빛이 타오르고 있는 제단에 침을 뱉게 하시오,
어린아이 같은 시샘으로 그대의 제상祭床을 흔들게 하시오.

[1830]

마귀

먹구름이 질주하고 먹구름이 소용돌이친다.
달이 숨어
내 눈을 비춘다,
하늘도 캄캄하고 밤도 캄캄하다.
끝없는 들판을 간다,
말방울이 딸랑딸랑.
낯선 벌판 한가운데를 가노라니
두렵다, 절로 몸이 오싹해온다!

"이봐, 마부, 어떻게 된 거야!"
"어쩔 수 없어요—서방님, 말들이 지쳤어요,
눈보라로 눈을 뜰 수가 없어요,
길이 모두 묻혔어요,
썰매 자국이 전혀 보이지 않아요,
길을 잃었나봅니다. 어떻게 해야 한담!
들판에서 마귀가 달라붙었나봐요,
이리저리로 길을 잘못 들게 하고 있는 겁니다.

저거 봐요—저기에서 마귀가 뛰놀며
나에게 입김을 불어대고 침을 뱉습니다,
저봐요?이번에는 거칠어진 말을

골짜기로 밀어넣습니다,
예사롭지 않은 이정표로 둔갑하여
내 앞에 버티고 섰어요,
저기 조그만 불꽃처럼 번쩍이더니
어둠 속으로 사라졌어요!"

먹구름이 질주하고 먹구름이 소용돌이친다,
달이 숨어
내 눈을 비춘다,
하늘도 캄캄하고 밤도 캄캄하다.
더 에워쌀 힘도 없다,
말방울 별안간 멎었다,
말이 멈추었다…… "들판의 저게 무엇이지?"
"그걸 어떻게 알아요? 나무등걸이거나 늑대이거나 하지 않아요?"

눈보라가 휘몰아친다, 눈보라가 울부짖는다,
예민한 말들이 콧바람을 분다,
저기 벌써 앞으로 뛰어간다,
두 눈만이 어둠 속에서 타고 있다,
말들은 다시 내달았다,
말방울이 딸랑딸랑.

하얀 들판 가운데서
마귀들이 모였다.

갖가지 몰골스러운 마귀들이
몽롱한 달빛 속에서
수도 없이 뛰어돌아다닌다,
늦가을의 낙엽처럼……
참으로 많다! 어디로 달려가는 걸까?
무엇을 저처럼 애처롭게 노래부르는 걸까?
가신家神의 장례를 치르는 걸까,
마녀가 시집을 가는 걸까?

먹구름이 질주하고 먹구름이 소용돌이친다,
달이 숨어
내 눈을 비춘다,
하늘도 캄캄하고 달도 캄캄하다.
마귀들이 무리 지어 잇따라
끝없는 하늘 높이 날아간다,
귀청을 찌르는 듯한 애처로운 소리와 울음소리로
내 마음을 아프게 하면서…….

[1830]

집시[1)]

숲이 우거진 물가
고요한 저녁 한때
천막 밑의 떠들썩함과 노래
여기저기에 불꽃이 타오른다.

안녕, 행복한 종족이여!
그 모닥불,
나도 한때
그 천막에서 지냈다.

내일이면 첫 햇빛과 더불어
그대들의 거칠 것 없는 자취는 사라지리라.
그대들은 떠나겠지—하지만 시인은
그대들의 뒤를 따라가지 않으리.

제 집의 정적과
마을의 안락함에 취하여
떠돌아다니면서 잤던 잠이며
지나간 날들의 장난도 잊었다. [1830]

---

1) 이 시는 벳사리비아와 서사시 「집시들」을 썼을 때에 대한 회상과 연관되어 있다.

비가悲歌[1)]

미친 듯한 날들의 사라져간 즐거움이
나를 괴롭히누나, 흐리멍텅한 숙취熟醉처럼.
하지만 술과도 같이 지나간 날들의 슬픔은
나의 영혼 속에서 날이 갈수록 드세어져만 간다.
나의 길은 우울하다. 나에게도 노력과 비애와
미래의 파도치는 바다만이 약속되어 있다.

그러나 친구여, 나는 죽음을 원치 않는다,
아니, 살고 싶다, 생각하고 괴로워하기 위해서,
그리고 나는 알고 있다, 비애와 근심과 불안 속에서도
나에게는 기쁨이 찾아오리란 것을—
때로는 다시 조화에 몰두하고,
공상에 눈물 흘리기도 하리라,
그리고 아마도 나의 슬픈 만년에는
작별의 미소로 사랑을 빛내주리라.

[1830]

---

1) 1829년 봄 푸쉬킨이 열여섯 살의 미모의 소녀 나탈리야 곤차로바Natalia Gonchalova에게 청혼하고는 그것이 이루어질는지 어떨는지 괴로워했던 때의 작품. 1831년 2월 그녀와 결혼을 하게 된다.

이별[1)]

마지막으로 그대의 귀여운 모습을
마음으로 어루만지오,
심장의 힘으로 꿈을 일깨우며,
수줍고도 우울한 애무로
그대의 사랑을 회상하오.

세월은 바뀌며 흘러가오,
모든 것을 바꾸어놓으리, 우리를 바꾸어놓으며,
그대는 그대의 시인을 위하여 이미
무덤 같은 땅거미의 옷을 걸쳤구려,
그대를 위해서도 그대의 벗은 사라져버렸소.

오랜 벗인 여인이여, 내 마음의
이별의 말을 받아주오,
남편 잃은 아내처럼,
유형을 떠나기 전에 시인을
말없이 끌어안았던 벗처럼.

[1830]

1) 이 시는 푸쉬킨의 보론쏘바 공작 부인에 대한 관계의 회상에 바쳐지고 있다.

주문呪文

오, 만일 괴괴한 한밤중
생명이 있는 모든 것들이 고요히 잠들어 있고
하늘에서 달빛이
묘석 위에 미끄러져내리고 있을 때,
오, 만일 그때
조용한 무덤이란 무덤이 모두 비어 있을 것 같으면—
나는 그림자를 부르리라, 레일라를 기다리리라—
나의 벗이여, 나에게로 오라, 이리, 이리 오라!

그리운 그림자여 나타나거라,
이별 전에 그랬듯이,
겨울날처럼 창백하고 싸늘하게,
최후의 고통으로 일그러진 얼굴로
오라, 저 머나먼 별처럼
가벼운 소리처럼, 숨결처럼,
소름끼치는 곡두처럼,
나에게는 마찬가지이노라—이리, 이리 오라!

내가 그대를 부르는 것은
내 벗을 죽게 한 사람들의
악의를 나무라기 위함이 아니로다,

무덤의 비밀을 알려고 함이 아니로다,
때때로 회의로
괴로워함이 아니로다, 하지만 그리워
언제나 그대를 사랑하고 있노라고,
언제나 그대의 것이라고 말하고자 함이로다, 이리 이리 오라!

[1830]

머나먼 고국의 강언덕을 찾아[1)]*

머나먼 고국의 강언덕을 찾아
그대는 이국 땅을 버렸소,
잊지 못할 시간, 슬픈 시간에도
나는 그대 앞에서 오랫동안 울었소,
차가워지는 내 두 손이
그대를 막으려 하였소,
나의 신음소리는 무서운 이별의 번민이나마
끊이지 않기를 빌었소.

하지만 그대는 쓰디쓴 입맞춤에서
입술을 떼고 말았소,
어두운 유형지에서
다른 고을로 그대는 나를 불렀소.
그대는 말했소—"재회의 날에는
영원히 푸른 하늘 아래서,
올리브나무 그늘 아래서,
애인이여, 사랑의 입맞춤을 다시 나누자." 고.

---

1) 오뎃사에 있을 때, 부유한 무역 상인의 아내인 이탈리아인 아마리야 리즈니치 Amaliia Liznich(1803~1825)의 미모에 완전히 반하였으나, 1825년 후두암으로 이탈리아에서 죽었다는 부음을 듣고 그녀와의 회상에 바쳐진 작품.

그러나 아, 하늘의 지붕이
푸른색 광채 속에 빛나는 그곳에서,
올리브나무 그늘이 물 위에 드리워져 있는 그곳에서,
그대는 마지막 잠에 빠지고 말았소.
그대의 아름다움과 그대의 번민은
무덤돌 밑으로 사라져버렸소—
그리고 그것들과 더불어 재회의 입맞춤도……
그러나 나는 기다렸소. 그대와 더불어 사라진 그 입맞춤을……

[1830]

잠 못 이루는 밤의 시

나는 잠을 이루지 못한다, 불빛도 없다,
둘레는 온통 캄캄하다, 잠이 지겹다.
단조로운 시계소리만이
내 귓가에서 울린다,
운명의 여신의 가냘픈 중얼거림,
자는 밤의 희미한 전율,
생활의 분잡스러움……
어찌 너는 나를 불안하게 하느냐?
따분한 속삭임이여, 너는 무슨 말을 하고 있는 건가?
내가 헛되이 지낸 하루에 대한
나무람인가 투덜거림인가?
너는 나에게 무엇을 바라느냐?
너는 나를 부르는 건가 예언을 하는 건가?
나는 네가 말하는 것을 알고 싶다,
나는 네 말의 뜻을 찾는다…….

[1830]

때때로 회상이[1]*

때때로 회상이
정적 속에서 가슴을 물어뜯고
머나먼 옛날의 고통이
그림자처럼 나에게 달려올 때,
사람들을 보기가 지겹고
그 여린 목소리가 밉살스러워
궁벽한 곳에 숨어버리고 싶을 때—
나는 모든 것을 잊고 날아간다,
그러나 그곳은 새파란 하늘이
찬란하게 빛나고 있고
바다의 따뜻한 물결이
누렇게 찌든 대리석에 부딪혀 부서지며
월계수며 거뭇한 측백나무 따위가 제멋대로
무성히 자란 밝은 빛의 고을이 아니다,
일찍이 토르크바의 장엄한 노랫가락이 흘렀고
짙은 밤안개 속에서 지금도
저 멀리 울림이 좋은 바위가
뱃사공의 옥타브를 되풀이하는 고을이 아니다.

1) 이 시 중간의 북녘 풍경은 백해의 솔로베츠크 제도를 묘사하고 있다. 1820년 푸쉬킨은 솔로베츠크 유형의 위협을 받았다.

나는 길들여진 꿈으로
찬 북녘의 바다의 물결로 내닫는다.
출렁거리는 흰 물결 사이에서
드러난 섬 하나를 본다.
처참한 섬—
찬 물결에 씻긴 거친 바닷가에는
겨울 월귤나무가 깔려 있고
시든 툰드라가 덮여 있다.
때때로 이리 북녘의 대담한
고기잡이가 배를 저어와
젖은 그물을 펴널며
불아궁이에 불을 지핀다.
이리로 사나운 날씨가
내 초라한 쪽배를 몰아넣으리라.

[1830]

메아리

인적드문 숲속에서 짐승이 울부짖거나,
뿔피리를 불거나 천둥이 요란스레 울리거나,
산언덕 너머에서 처녀가 노래를 부르거나—
　　온갖 소리에
너는 이내 반향을 텅 빈 대기 속에
　　낳는다.

천둥의 굉음, 폭풍우의 파도소리,
마을 목부牧夫들의 외침소리에,
너는 귀를 기울이며—
　　대답을 보낸다,
너에게는 응답이 없다……
　　시인이여, 그대도 그렇다!

[1831]

내 품안에*

내 품안에
그대의 날씬한 몸뚱이를 그러안고
기뻐 어찌할 줄 모르며 그대에게
부드러운 사랑의 말을 퍼부을 때
묵묵부답 말이 없다, 조여진 두 팔에서
나긋나긋한 몸뚱이를 빼면서,
사랑하는 벗이여, 그대는
의심쩍은 미소로 대답하는구나,
배반의 슬픈 전설을
기억 속에 부지런히 새기면서
그대는 그저 무심히
우울하게 내 말을 듣는다……
나는 내 죄 많은 젊은 시절의
교활한 노력,
괴괴한 한밤 정원에서의
약속된 만남의 기대를 저주한다.
사랑의 말의 속삭임,
시의 비밀스러운 가락,
쉽게 믿는 처녀들의 애교,
그들의 눈물, 뒤늦은 투덜거림을 저주한다.

[1831]

· · · 에게

아니다, 아니다, 하지 말아야 한다, 할 수도 없고 감히 해서도 안된다,

사랑의 흥분에 분별없이 몸을 내맡기는 것을.

내 마음의 평화를 굳게 지키리라,

사랑의 불길에 마음을 불태우게 하거나 무아경에 빠지도록 하지 않으리라.

아니야, 사랑은 이제 그만. 하지만 때때로

천사처럼 청순한 젊은 처녀가

뜻하지 않게 내 앞을 지나 사라져갈 때

어찌 나는 한 순간의 꿈에 잠기지 않을 수 있으랴?

슬픈 정염의 불길에 휩싸이면서 처녀의 모습에 넋을 잃고,

두 눈으로 그녀의 뒤를 쫓으며 조용히

그녀의 기쁨과 행복을 빌며

마음으로부터 그녀에게 인생의 모든 행복을,

마음의 즐거움, 평화, 밝은 나날을,

모든 것을—그녀에게 사랑을 받아

사랑스러운 처녀에게 아내라는 칭호를 줄 사람의 행복까지도

나는 바라서는 안 될까.

[1832]

미녀[1)]

G· · ·의 앨범에

그녀에게는 언제나 조화가 있다, 언제나 놀랍다,
언제나 평화와 정열을 초월하고 있다,
그녀는 엄숙한 아름다움 속에
수줍게 서 있다,
그녀는 자기 둘레를 둘러본다—
그녀에게는 연적이 없다, 여자 벗이 없다,
우리 미녀들의 핏기 없는 동아리는
그녀의 광채 속으로 사라져간다.

비록 사랑의 밀회를 위해서일지라도
자네가 그 어디로 서둘러 발걸음을 재촉하건,
그대가 그 어떤 비밀스런 꿈을
가슴속에 품고 있건
그러나 그녀와 뜻하지 않게 만나노라면 자네는 어리둥절하여
아름다움의 성물聖物 앞에
신앙하는 마음으로 경건한 생각을 가지면서
갑자기 저도 모르게 발걸음을 멈추리라. [1832]

---

1) 이 시는 1823년 5월 16일 자바도프스카야 백작 부인이 푸쉬킨에게 시를 적어 넣어달라고 보낸 앨범에 씌어진 것이다. 엘레나 미하일로브나 자바도브스카야Yelena Mikhailovna Javadovskaya 백작 부인(1807~1874)은 상류 사교계의 미녀로 푸쉬킨을 비롯하여 많은 시인들에게서 그 미모를 칭찬받았다.

안나 아바멜레크[1] 공작영애의 앨범에

언젠가 (감동으로 가슴이 꽉차면서 기억합니다)
나는 당신을 기뻐 어쩔 줄 모르는 가운데 돌보았었습니다,
당신은 놀랄 만큼 훌륭한 어린아이였습니다,
당신은 지금 흐드러지게 꽃을 피웠습니다,
나는 경건한 마음으로 당신을 우러러 공경합니다,
어쩌지 못하는 가슴의 떨림을 느끼면서
마음과 눈으로 당신의 모습을 뒤쫓고 있습니다.
늙은 보모가 돌보았던 어린아이를 자랑하듯이
나는 당신을, 당신의 명성을 자랑합니다.

[1832]

---

1) Anna Abamelek(1814~1889): 아르메니아 출생으로 1835년 시인의 친구 바라트인스키에게 시집왔다. 문학적 소양이 높았고 여러 나라의 말을 잘 구사했으며 그 나라의 말로 시를 쓰기도 했다. 푸쉬킨의 시를 외국어로 번역한 최초의 번역자 가운데의 한 사람.

앨범에

운명의 횡포에 쫓겨
화려한 모스크바에서 멀리 떨어져 있을지라도
나는 당신이 꽃을 피우고 있는 곳을
따뜻한 마음으로 생각에 떠올릴 것입니다.
수도의 훤요는 나를 안절부절못하게 합니다,
그 속에서 나는 언제나 쓸쓸히 지냅니다,
오직 하나 당신의 기억만이
나에게 모스크바를 회상할 수 있게 합니다.

[1832]

가을

단장

그때 졸고 있는 내 마음에 들어오지 않는 것이 무엇인가?
—제르자빈

1

10월이 되었다—이제 수풀은
마지막 나뭇잎을 벌거숭이의 가지에서 털어내고 있다,
가을 추위가 몰려온다—길은 얼어붙는다,
물방앗간 뒤에서는 아직 개울이 소리를 내면서 달음질치고 있지만,
못은 벌써 얼어붙었다, 내 이웃은
들판으로 사냥을 떠날 채비를 하느라 부산스럽다,
가을보리는 사냥에 들뜬 사람들의 발에 짓밟히고
개 짖는 소리가 잠에 빠진 참나무숲을 깨운다.

2

지금이 내 철이다—나는 봄을 좋아하지 않는다,
눈쉬임은 따분하다, 고약한 냄새, 진창—봄에 나는 병을 앓는다.
피가 느릿느릿 움직이고 마음과 생각은 우수로 답답하다.
나는 준엄한 겨울을 오히려 좋아한다,
겨울눈을 사랑한다, 달빛을 받으며
사랑하는 여자와 단둘이 날쌔게 자유로이 가벼운 썰매를 몰 때,

따뜻하게 몸을 감싼 환한 얼굴로
활활 불타올라 몸을 떨며 그녀는 그대의 손을 꼭 쥐리라!

3

스케이트를 신고
얼어붙은 반들반들한 강의 거울 위를 미끌어진다는 것은 얼마나 즐거운가!
겨울 명절날의 찬란한 떠들썩함?
하지만 그것도 한계가 있다, 반년이나 눈에 덮여 있다 보면
겨울잠을 자는 곰도
급기야는 질려버린다. 한평생을 그처럼
사랑하는 젊은 처녀들과 썰매만 타고 돌아다닐 수는 없다,
이중창을 꼭 닫고 난로 가에서 뒹굴며 나날을 보낼 수만도 없다.

4

오, 아름다운 여름이여! 나는 사랑하리라,
무더위와 먼지와 모기와 파리가 없다면,

너는 마음의 능력을 모두 죽여
우리들을 괴롭힌다, 우리들은 가뭄으로 시달리는 들판처럼 괴로워하며,
물을 실컷 마시고 상쾌한 기분에 젖으려고만 생각한다,
부꾸미와 술과 함께 이별의 술자리를 가졌던
겨울의 노파를 그리워하며
아이스크림과 얼음을 먹으며 그 추억에 잠긴다.

5

사람들은 보통 늦가을의 나날을 두고 잔소리를 한다,
하지만 나는, 독자여, 얌전히 빛나는
늦가을의 조용한 아름다움이 사랑스럽다.
제집에서 아무에게서도 사랑을 받지 못하는 어린애처럼
그것은 내 마음을 끈다. 솔직히 말하자면
한 해 가운데서 나는 이 철만을 좋아한다.
그것은 좋은 것을 많이 가지고 있다, 허영심이 없는 사랑하는 사람인
나는 변덕스러운 꿈을 쫓으며 거기에서 무엇인가를 찾았다.

6

이것을 어떻게 설명하랴?
당신네가 때때로 폐병을 앓는 처녀에게 마음 끌리듯이
늦가을은 내 마음을 끈다. 죽음을 선고받은
가련한 처녀는 투덜거리지도 않고 노여워하지도 않으며 다소곳이 고개를 숙이고 있다,
시든 입가에는 희미한 미소를 띠고 있다,
그녀는 무덤 구덩이가 입을 벌리는 것도 모르고 있다,
얼굴에는 아직도 적자색의 빛이 뛰놀고 있다.
오늘은 살아 있지만 내일은 없어질 것이다.

7

쓸쓸한 계절이여! 두 눈에 담긴 절망이여!
나는 너의 이별의 아름다움에 마음이 끌린다—
나는 자연이 화사하게 시들어감을 좋아한다,
적자색의 황금빛의 옷을 입은 숲을,
그 그늘에서 살랑거리는 바람소리와 산뜻한 숨결을,
안개와 물결에 덮인 하늘을

희미한 햇빛을, 첫 서리를,

저 멀리 다가오고 있는 잿빛 겨울의 위협을 나는 사랑한다.

8

가을마다 나는 새로이 꽃핀다,

러시아의 추위는 내 건강에 이롭다,

나날의 삶에 새로이 사랑을 느낀다—

잇따라 꿈이 날아가고 시장기가 찾아든다,

가슴속에서는 피가 가볍고 기쁘게 뛰논다,

희망이 들끓는다—나는 다시 젊어지고 행복해진다,

나는 다시 삶의 기쁨으로 가득 채워진다—내 몸은 그렇게 되어있다.

(쓸데없는 산문적 표현을 용서하시라.)

9

말이 끌려오고 있다, 갈기를 흔들며

확 트인 널따란 벌판으로 말은 기수를 돌린다,

반짝이는 골짜기가 큰소리로 울리며 얼음이 튄다.
그러나 짧은 하루 해가 지고 잊혀진 난로에선
다시 불이 탄다—환한 불길이 타오르기도 하고,
불길이 천천히 가라앉기도 하며—그 앞에서 나는 책을 읽거나
마음속에 떠오르는 긴긴 생각에 잠긴다.

10

세상일을 잊고—달콤한 정적 속에서
나는 달콤하게 상상에 취한다,
그러노라면 시가 마음속에서 잠을 깬다—
마음은 시의 물결에 짓눌리며
떨리고 큰소리를 내며 꿈속에서처럼
자유로이 흘러넘칠 출구를 찾는다—
그때 보이지 않는 손님들의 한 무리가 찾아든다,
옛 추억의 것들, 나의 꿈인 열매들이.

11

여러 생각이 머리 속에서 소용돌이치고,

가벼운 운韻이 그것들을 맞으러 달려간다,

손가락이 붓을 찾으며 붓이 종이를 찾는다.

한 순간에—시가 줄줄 흘러나온다.

잔잔한 수면에서 배가 꼼짝도 않고 졸고 있는 양,

그러나 자, 출범이다!—뱃사람들이 갑자기 뛰어가고 기어오르고

기어내린다—돛이 오르고 바람을 안는다,

큰 배는 물결을 가르며 움직였다.

12

배는 달린다. 우리들의 배는 어디로 가야 할 것인가?

. . . .

. . . .

[1833]

오, 나를 미치게 하지 마옵소서*

오, 나를 미치게 하지 마옵소서
그렇다, 차라리 비렁뱅이의 신세가 더 낫다,
　　그렇다. 차라리 노동과 굶주림이 더 낫다.
나는 나의 이성을 소중히 여기는 것이 아니다,
그것과 헤어지는 것을
　　기뻐하지 않는 것이 아니다—

내가 만일 자유의 몸이 된다면
나는 칙칙한 숲속으로
　　날쌔게 달려가리라!
나는 심한 열병에 걸린 것처럼 노래를 부르리라,
정연하지 못한 아름다운 꿈의
　　무아경에 빠지리라.

나는 물결소리에 귀를 기울이리라,
나는 행복에 겨워 공허한
　　하늘을 바라보리라.
나는 강력하고 자유로우리라,
들판의 흙을 파헤치며
　　숲의 나무를 부러뜨리는 회오리바람처럼.

미친다는 불행이 덮쳤다고 치자—
페스트처럼 두려워하며
　　당장 가두리라,
얼간이의 쇠사슬에 묶어
짐승새끼처럼 쇠창살을 통하여
　　놀려대려고 찾아오리라.

한밤중에 내가 듣는 것은
또렷한 꾀꼬리의 울음소리나
　　고적한 참나무숲의 살랑거림이 아니라—
내 친구들의 외침소리,
야경꾼들의 욕지거리,
　　귀청을 찌르는 듯한 소리, 족쇄소리가 되리라.

[1833]

그는 이종족 사이에서[1)*]

그는 이종족 사이에서
살았다, 마음속에
우리들에 대한 악의를 품지 않았다, 우리들도
그를 사랑했다. 온화하고 호의적인
그는 우리들이 담소하는 자리를 찾아오곤 하였다. 우리들은
그와 깨끗한 꿈과 노래를 나누었다(그는 하늘에서
영감을 받았고 높은 데서 삶을 보았다). 그는
자주 미래에 대하여 말했다,
민족과 민족이 다툼을 버리고
하나의 대가족으로 뭉쳐질 때에 대하여.
우리들은 시인의 말을 열중하여 들었다. 그는
서녘으로 떠났다—우리들은 그를
축복하여 떠나보냈다. 그러나 지금

---

1) 폴란드 시인 아담 미츠케비치Adam Bemard Mickiewicz(1798~1855)의 시 「러시아의 벗들에게」에 대한 답시. 미츠케비치는 독립 운동에 참가했다가 러시아로 추방당하여 러시아에서 몇 해 살았으며 그 동안 1820년대 러시아 문학계 사람들과 친교를 가졌다. 푸쉬킨은 1826년 모스크바에서 그와 알음알이가 된 뒤 페테르부르그에서 자주 만났다. 1829년 미츠케비치가 외국으로 떠나 로마에 머무는 동안 1830~1831년 폴란드에서 반란이 일어났으며 바르샤바 점령을 기회로 푸쉬킨이 「러시아의 비난자들에게」 등의 시를 통하여 폴란드 문제를 둘러싼 서유럽의 사디즘에 대한 비난에 대답한 것을 가지고 푸쉬킨을 공격했다.

우리들의 온화한 손님은 우리들의 적이 되었다—
우미한 속중을 위하여 자기의 시에
독약을 묻혔다. 악의에 찬 시인의 목소리가
멀리에서 우리들의 귀에 들어왔다,
귀에 익은 목소리여! 신이여!
그의 마음을 진실과 평화로 정화해주소서…….

[1834]

때가 왔도다, 벗이여*

때가 왔도다, 벗이여, 때가 왔도다! 마음은 평화를 바라노라—
하루하루는 날듯 지나가고 매시간은
목숨의 조각을 가지고 사라진다, 나는 너와 더불어 단둘이
살려고 마음먹는다…… 아마—바로 그때—우리들은 죽으리라.
세상에 행복이란 없도다, 하지만 평화와 자유는 있노라.
오래 전부터 나는 아름다운 운명을 꿈꾸어오고 있도다—
오래 전부터 지친 노예인 나는 도망치려고 궁리했었다,
노동과 순결한 기쁨의 먼 은둔처로.

[1834]

먹구름

지나간 폭풍우의 마지막 한 점 먹구름아!
너 혼자만이 산뜻한 군청빛의 하늘을 질주하고 있다,
너 혼자만이 음울한 그림자를 드리우고 있다,
너 혼자만이 기뻐 어찌할 줄 모르는 낮을 슬프게 하고 있다.

조금 전까지 너는 하늘을 온통 감싸 뒤덮었고,
번개가 너를 무섭게 휘감았다,
너는 비밀스러운 천둥소리를 내며
목마른 대지를 비로 촉촉이 적셨다.

이제 됐다. 모습을 숨겨! 때는 지나갔다,
대지는 신선함을 되찾았고 폭풍우는 지나갔다,
바람이 모든 나무의 잎사귀를 애무하며
평정을 찾은 하늘에서 너를 내몰고 있다.

[1835]

방랑자

1

일찍이 거친 골짜기 가운데서 헤매면서,
나는 문득 크나큰 슬픔에 그러안기고
천근 같은 무거운 짐에 짓눌리며 허리가 휘었다,
마치 법정에서 살인죄가 들추어내어진 사람처럼.
고개를 떨구고 수심에 찬 두 손을 뒤틀면서
통곡 속에서 꿰뚫린 넋의 괴로움을 쏟아냈고
병자처럼 몸부림치면서 괴롭게 되풀이했다—
"무엇을 할 것인가? 어떻게 될까?" 하고.

2

그리하여 나는 한탄하면서 집으로 되돌아왔다.
사람들은 모두 나의 우수를 깨닫하지 못했다.
어린아이들과 아내가 있는 데서 나는 처음에는 차분하였다,
음울한 생각을 숨기고자 하였다,
하지만 슬픔은 시간이 갈수록 한결 더 가슴을 짓눌렀다,
나는 마침내 뜻하지 않게 마음의 괴로움을 털어놓았다.

"오, 가련하고 가련한 우리들이여! 어린아이들이여, 아내여!
내 넋은 채워져 있노라
슬픔과 두려움으로, 괴로운 마음의 짐이
나를 무겁게 짓누르노라. 보라! 시간은 이미 가까이, 가까이 다가오고 있도다—
우리들의 도시는 화염과 바람으로 망할 운명이 지워졌노라,
별안간 불더미와 재앙으로 바뀌리라,
얼른 피난처를 찾지 못하는 날에는
우리들은 망하리라, 하지만 피난처는 어디에 있는가? 오, 슬프도다, 슬프도다!"

3

식솔들은 당황하여
나의 양심이 혼란에 빠진 것으로 여겼다.
그러나 밤과 몸에 이로운 잠의 편안함이
내 몸 속의 병의 적의 있는 열을 식혀주리라고 생각했다.
나는 잠자리에 누웠지만 밤새껏 내내 울며 한숨지었다,
한순간도 무거운 눈꺼풀을 붙이지 못하고.
꼭두새벽에 잠자리에서 나와 나 혼자 앉았다.

식솔들이 나에게로 왔다, 그들의 물음에 나는 똑같은
말을 되뇔 뿐이었다. 나의 가까운 사람들이 찾아와
나를 믿지 않고 엄격한 태도에 호소한 것을
당연한 것으로 여겼다. 격앙하여
욕설로 경멸로 나를 바른 길로
들어서게 하려고 애썼다. 그러나 나는 그것을 들은 척도 하지 않고
주체할 수 없는 슬픔으로 내내 울며 한숨을 지었다.
마침내 그들은 고함을 치다가 지쳐
손을 내두르고 내 곁에서 물러갔다,
알쏭달쏭한 말과 거친 울음에 싫증이 나
엄격한 의사에게 맡겨야 할밖에 없는 미치광이 곁에서 물러 가듯이.

4

나는 다시 방랑의 길을 떠났다, 슬픔으로 괴로워하면서,
두려움에 찬 시선으로 내 주위를 둘러보면서
필사적인 도망을 꾀한 내 노예처럼,
비가 내리기 전에 머무를 데를 찾아 서두르는 나그네처럼.

족쇄를 질질 끌면서 정신노동자인
나는 책을 읽고 있는 한 젊은이를 만났다,
조용히 시선을 들어올리고 나에게 물었다,
혼자 떠돌아다니면서 무엇 때문에 그처럼 아프게 울고 있느냐고?
나는 대답한다—"내 짓궂은 운명을 알라—
나는 죽음을 선고받고 내세의 심판에 부름을 받았노라—
그것을 슬퍼하노라—나는 심판에 대비하지 못하고 있노라,
죽음이 나를 두렵게 하고 있노라."

"만일 그대의 운명이 그렇다면,"
하고 그는 반박했다—"그대가 정말로 그처럼 슬퍼한다면,
그대는 무엇을 기다리고 있는가? 어찌 여기서 도망치지 않고 있는가?"
나는 말한다—"어디로 도망치랴? 어떤 길을 선택하랴?"
그때—"보이지 않는가, 무엇인가가?"
손가락으로 저 멀리를 가리키면서 젊은이가 말했다.
나는 힘없이 뜬 눈으로 바라보았다,
마치 의사에게서 백내장을 치료받은 맹인처럼.
"그 어떤 빛 같은 것이 보인다"하고 마침내 나는 말했다.
"가거라."—그는 말을 이었다. "이 빛을 향하여 나아가거라,

그것을 유일한 표지로 삼을지어다,
그대가 구원의 좁은 문에 다다를때까지,
가거라!" —나는 그 당장 뛰어갔다.

5

나의 도망은 나의 가정에 불안을 일으켰다,
어린아이들이고 아내고 문턱에서 외쳐댔다,
곧 돌아오라고. 그들의 외침소리는
내 벗들을 광장으로 나오게 했다,
어떤 벗은 나에게 욕지거리를 했고 어떤 벗은 내 아내에게 위안의 말을 건넸고 또 어떤 벗은 가여워했다,
어떤 자는 나를 몹시 욕했고, 어떤 자는 비웃었으며,
어떤 자는 이웃들에게 억지로 돌아오게 하자고 제의했다,
어떤 자들은 나를 뒤쫓아왔다, 나는 한결 더
서둘러 도시를 뛰어나왔다,
이곳을 뒤로하고 얼른 보려고,
구원의 확실한 길과 숨겨진 문을.

[1835]

나는 다시 찾았다*

……나는 다시 찾았다.
추방으로서의 이 년의 세월을
보냈던 고을을.
그때부터 벌써 십 년이 흘렀다—
내 생활에 많은 변화가 일어났다,
나 자신도, 지금은 세상의 규범에 따르는 사람으로
바뀌었다—그러나 다시 여기에 오자
지난날들의 회상이 나를 생생히 그러안는다,
이 근처의 숲속을 거닐었던 것이
바로 어제 같다.

버림받은 오두막이 있다,
내가 그 가련한 유모와 함께 살았던.
이제 할멈은 없다—벽 뒤에서
그녀의 무거운 발걸음소리도
꼼꼼히 살피고 돌아다니는 소리도 이제는 들을 수 없다.

저 나무가 우거진 산 언덕, 거기에
나는 자주 꼼짝도 않고 앉아 호수를
바라보곤 했다, 슬픔에 잠겨
먼 바다 언덕, 물결을 생각해내며……

황금빛의 보리밭과 푸른 목장 사이로
호수는 푸르게 멀리 펼쳐져 있다,
신비로운 물 위에
고기잡이배가 떠 볼품없는 그물을
끌고 있다. 비탈진 호수 언덕에
마을이 점재해 있다—그 너머엔
방앗간의 풍차가 버림을 받아
억지로 날개를 돌리며 우뚝 솟아 있다……

할아버지의 소유지,
산 위로 길이 나 있는 곳에
뿌리 속이 비에 파인 세 그루의 소나무가
서 있다—한 그루는 조금 떨어져, 다른 두 그루는
서로 다정하게 가까이. 여기에서, 그 곁을
달 밝은 밤 말을 타고 지나갈 때
그 둔덕에서 살랑거리는 귀에 익은 소리가
나를 반갑게 맞아주었었다. 그 길을
나는 지금 가며 내 앞에서
다시 그들을 만났다. 모습도 똑같고
귀에 익은 살랑거리는 소리도 똑같다—
그러나 낡은 뿌리 둘레에

(전엔 아무것도 없고 맨땅이었는데)
지금은 어린 나무들이 무성하게 자라
푸른 가족을 이루고 있다, 덤불이
어린아이들처럼 그 나무 밑에 빽빽히 들어서 있다. 저만큼 떨어져
그들의 음울한 벗이 혼자
늙은 홀아비처럼 서 있다, 그 둘레는
예나 다름없이 텅 비어 있다.

안녕,
미지의 어린 나무들이여!
너희가 나중에 힘차게 자라
내가 알고 있는 것들을 앞질러 자라며
그 늙은 머리를 행인의 눈으로부터
가리게 되는 것을 나는 보지 못하리라. 그러나 내 존재가
유쾌한 이야기를 마치고 돌아오는 길에
명랑하고 유쾌한 생각으로 가득 차
한밤의 어둠 속에 너희들 곁을 지나가며
나를 생각할 때
너희들의 정답게 살랑거리는 소리를 듣게 하라.

[1835]

아리비아 노래의 흉내

귀여운 소년, 정다운 소년아,
부끄러워할 것 없노라, 너는 한평생 나의 것,
너와 나 안에서 똑같은 격렬한 불이 타오르고 있도다,
우리들은 똑같은 삶을 살고 있노라.
세상의 비웃음 따위 나는 두려워하지 않는다—
우리 둘이는 서로 겹쳐져 있는 것이다,
우리들은 한 껍질 속에 두 겹으로 겹쳐진
영락없는 한 개의 호두이노라.

[1835]

생각에 잠겨 교외를 거닐며*

생각에 잠겨 교외를 거닐며
공동 묘지에 들르자,
철책, 말뚝, 잘 꾸며진 무덤이 눈에 들어온다,
그 밑에서는 구호자 식당의 게걸스런 손님들처럼,
가까스로 비좁게 줄을 이루어
도회의 모든 사자死者들이 썩고 있다,
장사아치의 무덤, 벼슬아치의 무덤,
값싼 정으로 새겨진 서투른 무의미한 장식,
그 위에 산문과 시로
덕행, 직함, 관등을 적은 각명刻銘,
아내에게 배반당한 늙은 남편을 위해 흘린 과부의 사랑 눈물,
도둑들이 기둥에서 뜯어낸 골호骨壺,
입을 벌린 채 이튿날 아침에 올 동거자를 기다리고 있는
번드레한 묘혈墓穴
나는 그 같은 음울한 생각에 사로잡혀
심술 사나운 우수에 잠긴다,
침을 뱉고 달아나고 싶다……

그러나 가을의 조용한 저녁에
마을의 조상의 묘지를 찾는다는 것은
얼마나 기분좋은 일인가,

거기에는 사자들이 엄숙한 평화 속에 잠들어 있다.
저만큼 꾸밈 없는 무덤 둘레의 공터,
캄캄한 한밤중에 가난한 도둑이 기어가는 일도 없다,
노란 이끼에 덮인 묵은 묘 가까이를
마을 사람이 한숨을 내쉬고 기도를 하며 지나간다.
빈 골호, 조그만 피라미드,
코가 떨어진 천상의 상像, 머리털을 헝클어뜨린 카리테스의 여신들 대신
거기에는 한 그루의 참나무가 장중한 무덤 위에서 널따랗게 뻗은 가지를
흔들고 살랑거리는 소리를 내며 서 있다…….

[1836]

나는 손으로 만들지 않은 나 자신의 기념비를 세웠노라*

Exegi monumentum[1]

나는 손으로 만들지 않은 나 자신의 기념비를 세웠노라,
거기로 가는 민중의 길에는 잡초도 자라지 않는다,
불법을 모르는 머리를 쳐들고 그것은
　　알렉산드르의 기념비[2]보다 더 높이 솟아 있다.

그렇다, 내 모든 것은 죽지 않으리라—신성한 현금弦琴 속의 내 영혼은
나의 유해遺骸를 영원히 살게 하고 부패를 막으리라—
그리고 나는 칭송을 받으리라, 달이 비치는 세상에
　　단 한 사람의 시인이라도 살아 있는 동안은.

내 소문은 이 위대한 러시아 전역에 퍼져가리라,
그리고 그 속에 든 온갖 진실된 말들이 나를 부르리라,
영예로운 슬라브의 자손도, 핀족도, 지금은 거칠기 짝이 없는 퉁구스도,
　　그리고 초원의 친구 칼무크도 나를 부르리라.
오랫동안 나는 민중에게 사랑을 받으리라,
왜냐하면 현금으로 선량한 감정을 일깨웠고,

---

1) '나는 기념비를 세웠도다' 란 뜻의 라틴어.
2) 러시아의 대나폴레옹 조국 전쟁의 승리를 기념하여 1834년 페테르부르그의 궁궐 광장에 건립된 화강암의 원주.

가혹한 시대에 나는 자유를 찬미했기에
그리고 나는 쓰러진 자들에게도 은총을 호소했기에.

하나님의 의지에 따라, 뮤즈여, 귀를 기울이라,
모욕을 두려워 말고 왕관을 버리지 말라,
칭찬과 중상을 태연하게 받아들이라
그리고 어리석은 자들과는 언쟁을 삼가라.

[1836]

황금과 칼

"천하의 모든 것은 다 내 것이다" 황금이 말했다.
"천하의 모든 것은 다 내 것이다" 칼이 말했다.
"천하의 무엇이나 다 사겠다" 황금이 말했다.
"천하의 무엇이나 다 가지겠다" 칼이 말했다.

[1836]

해설

러시아 최고의 국민시인 푸쉬킨

박형규

1

푸쉬킨은 러시아 시인으로서의 자기 개성, 그 거대한 정신적 에너지와 꾸밈없는 도덕적 아름다움, 모순되고 준엄하고 불가해하지만 그의 마음 속 깊이 담겨진 끝없이 소중한 러시아인의 내음과 러시아인의 삶의 세계, 그 현재와 과거, 미래, 그리고 러시아인으로서의 자신과의 끈끈한 연결고리, 그 모든 것을 투명하리만큼 자기의 완벽한 언어 속에 담아낸 서정시인이며, 그 삶의 찬미와 함께 사랑의 기쁨과 슬픔을 노래한 천재적 연애시인이다. 그뿐만아니라 그는 러시아 민중의 자유, 희망, 동경, 기대를 그의 작품 속에 충실히 반영한 시민시인이기도 하다. 고골리는 말하고 있다—"푸쉬킨이라는 이름만으로도 금새 러시아 국민시인이라는 생각이 머리에 떠오른다." 그리하여 오늘날까지도 그는 러시아 최고의 국민시인으로 추앙을 받고 있다.

또한 그는 자기의 창조 속에서 고대 그리스 · 로마의 문화세계, 르네상스, 계몽시대의 전통을 현실에 대한 태도와 인류공통의 진보에 대한 낙관적 믿음의 살아 있는 규범, 사회발전의 조화가 잡힌 궁극적 목적으로서 구체화되고 있다. 그러므로 푸쉬킨은 세계문화사적으로도 호메로스, 단테, 세르반테스, 셰익스피어, 바이런, 괴테 등과 함께 창조적 업적을 평가받고 있다.

푸쉬킨의 시는 러시아 민중의 자유를 위한 싸움, 애국주의, 예지, 인도적 감정, 그 강력한 창조력의 체현이었다. 푸쉬킨은 자기 시대의 해방운동의 시인이었으며 영감을 주는 사람이었다. 푸쉬킨이 거둔 결실의 많은 영향은 러시아 문화의 모든 분야에 걸쳐 나타났다.

푸쉬킨의 창조는 18세기와 19세기 초의 러시아문학과 러시아 문어의 발전과정을 끝맺고 있다. 그와 더불어 푸쉬킨의 천재성은 19세기 러시아문학의 원천이 되고 있다. 푸쉬킨은 새로운 러시아문학의 아버지이자 러시아 리얼리즘의 기초를 놓은 사람이며 러시아문어의 창시자이다. 시인으로서의 푸쉬킨의 위대함은 전세계적으로 인정받고 있다.

푸쉬킨을 사랑하는 모든 독자는 저마다 자기의 푸쉬킨을 가지고 있다. 독자들은 모두 마치 자기자신의 세계를 통해 그의 시세계를 발견하기라도 하듯이 하고 있으므로 푸쉬킨은 우리에게 있어서도 영원히 새로운 시인으로서 남아 있기도 한 것이다.

그의 시세계는 장대하다. 러시아 서정시에 아주 정통했던 역사학자인 V. 클류체프스키는 푸쉬킨의 시적인 목소리의 예사롭지 않은 길이와 폭에 대하여 이렇게 쓰고 있다—“그를 그 어떤 고립된 감정이나 기분의 시인, 더 나아가 유사한 감정, 기분의 통일된 성질의 시인이라고 일컬을 수 없다. 즉, 그의 시의 모티프를 낱낱이 들면서 인간의 넋의 모든 성분을 선별해야 할 것이다. 이미 어렸을 적에 그에게 일곱 키이로 신에게 의하여 불러일으켜진 장중한 송가며 프리기아 목부들의 평화로운 노래를 부를 수 있는 일곱 가닥의 목적牧笛을 시신詩神이 그저 맡겼던 것은 아니다."

러시아의 다른 작가들, 아니 어쩌면 전세계의 작가들 가운데의 어느 한 사람에게도 푸쉬킨에게 있어서처럼 개인의 내밀한 희구와 시대의 전지구적 문제가 하나의 유기적 전체로 합쳐져 있지는 않을 것이다. 푸쉬킨은 자기의 창조 속에 러시아의 과거와 현재를 포괄하였으며 국민적이고 전인류적인 삶을 충실히 살 것을 가르쳤다. 자기 자신의 보편적인 강한 탐구심과 민감함의 결과로 그는 러시아를 전세계적 미적 경험에 의하여 풍부하게 하였고 러시아인들에게 고대 그리스 · 로마의 문화, 르네상스, 계몽주의, 신시대의 정신적 희구를 같이 체험할 수 있도록 했다. 보잘것없는 일에 있어서까지도 놀랄만큼 정확한 현실의 시인인 그는 언제나 삶의 모든 고리의 가장 폭넓은 연결을 보았으며, 영원한 진리의 위치에서 삶을 생각했다.

푸쉬킨의 모든 열정적인 정신적 탐구의 한 중심에는 그가 속했던 세대의 영웅적 사명, 자기와 한 피붙이인 민중의 역사적 위치, 그것이 없이는 그 삶이 의미를 잃고마는 인간의 공동생활의 모든 좋은 규칙들이 놓여 있다.

이러한 것들로 인해 많은 뛰어난 추종자들이 그에게 미치지 못하고 있다.

오늘날의 표현에 따르자면 푸쉬킨은 끊임없이 인류 존재의 근본적인 문제와 대결하고 있다.

이리하여 푸쉬킨은 러시아문학에 영광스런 러시아 리얼리즘의 창시자로서 등장하였다. 도스토예프스키는 톨스토이를 포함하여 세계적 명성과 인정을 얻은 러시아 작가들의 모든 거장군巨匠群은 푸쉬킨에게서 나왔다고 확신할 수 있는 모든 근거를 가지고 있었다. "우리들의 모든 것은 푸쉬킨에게서 나왔잖은가" 하고 도스토예프스키는 말하고 있다.

고골리도 "푸쉬킨은 러시아 정신의 놀라운, 어쩌면 유일무이할는지도 모르는 나타남이다—그것은 이백 년 뒤에서 나타날는지도 모르는 러시아 사람이다", 하고 말하고 있다.

이렇게 말함으로써 고골리는 푸쉬킨의 창조가 러시아문학, 러시아 정신문화 전반에 걸친 뒤이은 모든 발전에 준 지대한, 그 무엇과도 비교할 수 없는 작용을 내다본 것이었다.

2

푸쉬킨은 예로부터의 귀족의 집안에서 태어났으나 그 무렵의 가정형편은 이미 기울어져 있었다. 시인은 자기 가문이 조국의 역사와의 끊을 수 없는 관련 속에서 이룬 공적을 검토하면서 자기 가문의 영웅적인 과거에 대하여 큰 긍지를 가지고 있었다.

"나의 선조 라챠는 성 네프스키에게 싸움의 힘살로 이바지했다." 하고 푸쉬킨은 「나의 족보」라는 시에서 쓰고 있다.

모계로 푸쉬킨은 「표트르 대제의 검은 노복」의 주인공이자 러시아 대사가 콘스탄티노플에서 러시아로 데려온 아비시니아 공후의 아들이었던 이브라김 한니발의 증손자가 된다. 이브라김은 표트르 대제의 총애를 받았으며 러시아 황제는 그에게 세례를 주었고 교육을 시켰다. 한니발은 장군의 관위에 올랐다. 양친의 가족은 그들의 동아리로서는 보통의 생활을 했다. 아버지 세르게이 리보비치는 그 당시로서는 교육을 받은 사람으로, 시를 쓰며 러시아와 프랑스 문헌으로 이루어진 큰 장서를 모았으며 연극을 좋아했고 몰리에르의 뛰어난 낭송자였다. 그의 형 바실리 리보비치는 카람진 경향의 이름난 시인이었으며, 어머니는 미인으로 세상에서 그녀를 일컬었던 것처럼 혼혈아였다.

알렉산드르 푸쉬킨은 처음에는 가정교사들의 도움으로 교육을 받다가 당시에 막 문을 연 싸르스코예 셀로의 리쎄이에서 공부를 했다. 리쎄이는 고급국가공무원의 양성을 목적으로 한 특권을 가진 교육시설이었다. 이미 이 시절에 그의 시적 재능이 드러났다. 고전주의의 대 노시인 제르자빈이 그를 축복할 만큼이었다. 리쎄이에서 푸쉬킨은 오늘날 우리가 대하게 되는 것과 같은 백삼십여 편의 시를 썼다. 푸쉬킨은 시인 델비그, 미래의 데카브리스트 푸시친, 큐헬리베케르 등과 친교를 맺었다.

리쎄이를 졸업한 뒤 1817년부터 1820년까지 푸쉬킨은 페테르부르그에서 양친과 함께 살면서 외무부에 근무했다. 푸쉬킨은 세속의 생활에 빠지면서 미래의 데카브리스트들과 알음알이가 되었고 자유를 사랑하는 시를 썼다.

1817년 여름을 어머니의 소유지인 프스코프 도의 미하일로프스코예에서 났다. 1817년 말 폰탄카 강의 아르자마스회 회원 알렉산드르 투르게네프의 집에서 푸쉬킨은 송시 「자유」의 일부를 썼으며 이튿날 자기 집에서 완결했다.

1819년 시인은 다시 미하일로프스코예에 머물며 농민들의 처지, 주변의 농노제의 현실을 깊이 생각한다. 많은 필사를 통하여 그의 시 「마을」이 많은 독자들에게 읽히게 되었다.

키쉬뇨프와 오뎃사에서 유형생활을 하는 동안 남방南方의 데카브리스트들과 만났다. 그는 해방운동의 빠른 승리에 대한 기대의 위기를 경험했다. 유럽의 혁명이 잇따라 패배를 겪고 있었던 것이다. 반동적인 신성동맹—메테르니히, 알렉산드르 1세—의 정치가 승리를 거두었다. 시인은 절망에 빠졌다. 1823년 그는 자기자신을 "외로이 자유의 씨앗을 뿌리는 사람", 즉 혼자서 헛되이 자유의 씨앗을 뿌리는 사람이라고 일컬었다.

남녘에서 그는 자기의 이른바 바이런주의적 서사시 『카프카즈의 포로』 『바흐치사라이의 샘』 『집시』를 창작했다. 그밖에 또 완결하지 못한 『바짐』 『산적 형제』 등도 구상했다.

오뎃사에서 근무하는 동안 노보로시야 지방 총독 M. 보론쏘프와 사이가 나빠 푸쉬킨은 페테르부르그에서 당국의 불만을 불러일으켰다. 거기다가 오뎃사에서 모스크바로 부친 무신론을 공부하고 있다고 말한 내용의 편지가 검열에 걸렸다. 이것이 파직의 직접적 원인의 구실이 되어 그는 새로운 유형지 미하일로프스코예로 보내어져 지방경찰과 성직자들의 감시하에 놓이게 되었다. 시골 벽촌에서의 생활은 시인의 숨을 막히게 할 만큼 답답하고 괴로운 것이었다. 그는 이웃마을 트리고르스코예의 자기를 숭배했던 교육을 받은 여지주 P. 오시포바네의 유쾌한 여자들의 모임에서 자신의 심중을 털어놓곤 했다.

푸쉬킨은 불안한 시기를 경험했다. 그를 찾아온 푸시친에게서 러시아에 비밀결사가 있음을 알았다. 마침내 그는 새로운 황제 니콜라이 1세에게서 선서하기를 바라지 않았던 군대를 일어서게 한 페테르부르그 원로원 광장의 데카브리스트들의 봉기와 거사가 실패로 돌아간 것을 알게 되었다.

푸쉬킨은 자기의 시가 자유애호의 사상을 발전시켜 나아감에 있어서 적지 않은 역할을 하였음을 짐작했다. 자서전적인 메모를 모두 불태워 버렸다. 미하일로프스코예의 자기 집에 대한 가택수색이 있을 것이기 때문이었다. 자기의 운명의 결정을 기다렸다. 그는 데카브리스트들의 기억에 충실했지만 그들 운동의 약한 측면을 보았다. 자유의 이념에 충실했던 그는 자기의 사상을 훨씬 더 커다란 일련의 문제를 감쌌고 한결 더 깊이 사람들을, 삶을, 러시아 역사를 들여다보았다. 그는 한결 더 정확히 러시아의 운명을 결정함에 있어서의 민중의 역할을 인식했다.

1826년 9월 8일 크렘린궁에서의 알현은 푸쉬킨에게 무거운 짐이 되었다. 그는 겉으로 자유를 얻었지만 실제로는 비밀감시하에 놓이게 되었다. 니콜라이 1세는 개인적으로 그의 검열자가 되겠다는 바람을 피력했다. 그러나 니콜라이 1세는 문학에는 문외한이었으며 푸쉬킨의 작품에 대한 그 어떤 심판자도 될 수 없었다. 그는 헌병대장 벤켄도르프에게 명의상의 인물들을 통하여 시인의 새 작품에 대한 그 어떤 판정을 내리며 시인에게 그것을 따르도록 할 것을 위임했다. 이러한 모든 것은 푸쉬킨을 분개하게 하였으며 의기소침에 빠뜨렸다.

그러함에도 불구하고 푸쉬킨의 천재는 성숙했고 창작작업은 계속되었다. 그의 러시아와 유럽의 생활에 관한 인식은 확대되고 심화되었다.

1829년 그는 마음을 달래고 유형에 처해져 있는 데카브리스트들인 벗들을 만날 생각으로 카프카즈의 아르즈룸으로 떠났다.

이내 푸쉬킨의 생활은 복잡하게 얽히게 되었다. 그는 가정생활에서는 행복했지만, 페테르부르그에서는 궁정과의 껄끄러운 관계가 시작되었다. 네델란드 대사 헥케른의 양자가 되어 있던 프랑스 알사스 태생의 망명자인 근위기병 당테스가 그의 아내에게 치근거리고 있다는 소문이 끈질기게 퍼지고 있었다. 궁정의 수다쟁이들은 시인을 공격할 수단을 찾았던 것이다. 그것은 그들의 눈에 그가 자유의 시인이자 데카브리스트들의 벗이요, 거만스럽고 독립적이고 용감하고 날카로운 사람으로 비쳤기 때문이었다. 푸쉬킨의 시인으로서의 명성이 높아질수록 궁정에서는 더욱더 그를 시기하게 되었다.

1834년 뒤로 푸쉬킨의 처지는 비극적으로 되어가고 있었다. 러시아와 세계의 가장 위대한 시인을 살해하려는 외무부장곤 네셀리로제, 헌병대장 벤켄도르프 등과 같은 궁정의 측신들에 의한 음모가 강화되고 있었다. 1836년 11월 아내에게 배반당한 남편이라는 푸쉬킨에 대한 비방이 퍼짐으로써 그는 어쩔 수 없이 당테스를 결투에 불러내게 되었다. 결투는 유야무야하게 되고 말았다. 당테스는 겁을 먹고 푸쉬킨의 처형인 예카테리나 곤챠로바와 결혼을 했다.

그러나 시인을 인신공격하는 본질은 당테스가 아내에게 치근거리고 있다는 것을 넌지시 비치려는 데에 있는 것은 아니었다. 그것은 니콜라이 1세가 묵인한 가운데 상류사회의 속물들이 위대한 시인을 제재하려는 것이었다. 황제는 황제 자신의 말로 허무맹랑한 유언비어를 잠재울 것을 떠맡으면서 푸쉬킨으로부터 그 어떤 수단도 취하지 않겠다는 다짐을 받았다.

그러나 푸쉬킨은 1837년 1월 27일 결정적인 수단을 취하지 않을 수 없었다. 당테스는 결혼 뒤에도 시인에게 화를 나게 하는 구실을 주었다. 푸쉬킨은 재차 결투에 불러내어 총질을 하였으며 치명적인 상처를 입었다. 그리하여 이틀 뒤에 죽었다.

산문작가이자 문학평론가인 V. 오도예프스키가 그의 조사 가운데서 "러시아 시의 태양은 졌다"고 말할 만큼 푸쉬킨의 죽음은 국민적인 비극이었다.

3

벨린스키는 다음과 같이 쓰고 있다. "자신의 마음 속 깊이 간직하고 있는 혹은 기쁘기도 하고, 혹은 괴롭기도 한 생각을 가지고 있다. 그러기 때문에 자기의 시도 가지고 있는 것이다." 한 시대가 중요한 의의를 가지면 가질수록 그 마음 속 깊이 간직하고 있는 생각을 이해할 줄 아는 재능은 더 커질 수밖에 없다. 이러한 의미에 있어서 푸쉬킨의 창조는 모범적인 실례이며 본보기이다.

"푸쉬킨은 자기 시대의 완전한 표현이다"하고 벨린스키는 「문학적 공상」(1834)에서 지적하고 있다. "고도의 시적 감정과 가능한 모든 감촉을 받아들이면 표현할 줄 아는 능력을 부여받은 그는 자기 시대의 모든 음색音色, 모든 선법旋法, 모든 화음을 시험하였다. 그는 오늘날의 모든 큰 사건, 현상, 사상을 충분히 평가하였다……."

게르쩬은 벨린스키의 고찰을 자기의 저작 『러시아에서의 혁명적 이념의 발전에 대하여』(1850)에서 계속했다. 그는 푸쉬킨의 시를 '낭랑하고 폭넓은 노래' 라고 일컬었다. 푸쉬킨의 시는 '담보이며 위안' 이었다. 게르쎈은 "이 노래는 지나간 시대를 잇고 있고 현재를 자기의 의젓한 소리로 채우고 있으며 자기의 목소리를 먼 미래로 보냈다"고 쓰고 있다. 푸쉬킨의 시는 민중의 역사와 떼어놓을 수 없다는 데에도 그 크나큰 의의가 있다. 뒤이은 러시아의 모든 예술사에 미친 푸쉬킨의 영향은 지대하다. 그는 단순히 위대한 시인일 뿐만 아니라 바로 시인의 형상 그것이자 전형인 것이다. "푸쉬킨은 폭넓고 확신에 차고 자유로운 행동으로 자기의 역할을 다하였다"라고 블로크는 말하고 있다.

"만일 푸쉬킨의 시의 역사적 한계를 정의하여야 한다면 시의 영역은 무한하다"라는 톨스토이의 말을 되풀이할 수 있을 것이다.

"만일 유럽 사람들이나 미국 사람들이 순수예술작품을 읽는 과정에서 기쁨이나 거의 인간의 넋의 아름다움이나 슬기로움에 빠질 만큼의 종교적 감정을 느낀다고 칠 경우, 만일 그들이 알렉산드르 푸쉬킨의 창작을 안다면 그들은 그를 셰익스피어, 괴테, 그리고 그 밖의 일련의 대가들과 같은 천재적인 예술가들의 인간에 대한 성서로까지 그들에 의하여 높고 공정하게 평가되고 있는 것처럼 높게 평가할 것이다.

일정한 시대의 풍속, 관습, 개념에 대한 지혜롭고 아는 것이 많고 올바른 사람의 귀중한 증거로서의 그의 작품 모두는 러시아사의 천재적인 삽화이다"라고 사회주의 리얼리즘 문학의 창시자의 한 사람인 러시아와 소비에트의 대작가 막심 고리키는 위대한 시인의 창조를 평가했다.

* 이 책의 번역 텍스트로는 1993년 모스크바 이미지출판사판 『A. 푸쉬킨, 황금의 책, 저작집』을 썼다.

푸쉬킨 연보

박형규

1799 모스크바의 중류 귀족가정에서 태어남.

1805~1810 형제 자매와 더불어 외할머니 마리야 알렉세예브나 한니발 소유의 즈베니고로드 근교 소유지 자하로보에서 여름을 남. 프랑스어로 시를 짓기 시작함.

1811~1817 특권층의 기숙제도 학교인 페테르부르그에 가까운 싸르스코예 셀로의 리쎄이에서 배움.

1814 모스크바의 잡지 《유럽소식》지에 푸쉬킨의 처녀시 「시인인 벗에게」를 '알렉산드르 N' 이라는 익명으로 발표함.

1815. 1. 8 리쎄이의 최상급 과정 진급 번역시험에서 자작시 『싸르스코예 셀로의 추억』을 낭송, 배석했던 당대 최고의 시인 제르자빈에게 축복을 받음.

1814~1817 리쎄이스트 푸쉬킨은 근위기병연대에 복무하던 반체제적 경향의 청년장교 P. 차다예프, P. 카베린, N. 라예프스키 등과 교분을 가짐.

1817 ~1820. 5 리쎄이 졸업 후 외무부에 근무함. 1817년 가을 문학회 '아르자마스'의 회원이 됨. 문학, 정치 문제를 논의하던 '푸른 램프' 회의 회의에 참가함.

1820. 5. 9 송시 「자유」 및 그 밖의 '자유시'와 짧은 풍자시로 알렉산드르 1세의 결정에 의하여 남러시아 예카테리노슬라브 시로 추방 당하여 러시아 남부지방의 외국인 이민 감독관 인조프 장군 밑에서 근무함.

1820. 6	푸쉬킨의 처녀 서사시 『루슬란과 류드밀라』가 페테르부르그에서 햇빛을 봄.
1820. 5~9	시인은 인조프의 승락을 얻어 N. 라예프스키 장군의 가족과 함께 북北 카프카즈, 크림을 여행, 심페로폴리, 오뎃사를 거쳐 인조프의 사무국이 이전한 키쉬뇨프로 돌아옴.
1820. 9~	푸쉬킨은 키쉬뇨프에서 데카브리스트인 V. 라예프스키 등과 사귐. 카멘카, 톨리친에 자주 가 P. 페스텔리와 교분을 맺고 V. 다브이도프, I. 야쿠쉬킨 등과 친교를 지속함.
1822	첫 남방南方 서사시 『카프카즈의 포로』 출간됨.
1823	두 번째 남방 서사시 『바흐치사라이의 샘』 출간.
1823. 3. 9	키쉬뇨프에서 시소설 『예브게니 오네긴』의 창작 계속함.
1824~1826	새 유형지인 프스코프 도道 미하일로프스코예 마을로 옮김. 오뎃사에서 집필하기 시작한 서사시 『집시들』 탈고(1827년 발표), 시소설 『예브게니 오네긴』 집필 계속함.
1825	사극 『보리스 고두노프』 완성.
1825. 1	리쩨이의 벗인 I. I. 푸시친, 미하일로프스코예로 푸쉬킨을 찾아옴.
1825. 4	리쩨이의 벗 델비그 미하일로프스코예에 옴.
1825. 8	이웃 소유지 랴모노보에서 친척집에 들렀던 리쩨이의 벗 A. 고르차코프 공작과 만남.
1826. 6~7	데르프트스크 대학 동창생인 A. 불리프를 찾아 이웃 소유지 트리고르스코예에 온 시인 N. 야즈이코프와 사귐.

1826. 9. 5 ~9. 8	니콜라이 1세의 지시로 푸쉬킨 모스크바에 불려옴.
1826. 9. 8	모스크바의 크렘린 궁에서 황제 알현. 1825년 12월 14일, 즉 데카브리스트들이 봉기했던 날 푸쉬킨이 페테르부르그에 있었다면 무슨 짓을 했었을까라는 니콜라이 1세의 직접적인 물음에 시인은 거사에 가담했을 것이라고 대답함. 푸쉬킨은 유형에서 풀려났으나 비밀감시를 받음.
1826~1830	잡지 M. 포고진의 《모스크바 소식》, N. 폴레보이의 《모스크바 통신》, N. 델비그의 《문학신문》 등에 기고. 미완의 역사소설 『표트르 대제의 검은 노복』, 「시베리아 광갱 깊숙한 곳」, 「아리온」, 「시인」 등과 같은 시를 씀.
1828	사시史詩 『폴타바』 완결함.
1828~1829	푸쉬킨, 모스크바의 한 무도회에서 젊은 미녀 나탈리야 곤차로바를 만나, 그녀에게 반하여 청혼하였지만 그녀의 어머니에게 확답을 얻지 못함.
1829. 5. 1 ~9. 20	푸쉬킨, 무단으로 카프카즈로 떠나 아르즈룸의 야전군을 방문, 데카브리스트와 만나며 나중의 에세이 『아르즈룸 여행』을 이루는 메모를 작성.
1830. 4	N. 곤차로바에게 두 번째로 청혼하여 긍정적인 대답을 받음.
1830. 5. 6	나탈리야 곤차로바와 약혼.
1830. 9. 3 ~12. 5	아버지의 대를 이어 물려받은 소유지인 니쥐고로드 도의 볼지노에서 결혼을 앞두고 소유지 경영문제 정리. 가을 볼지노에서 『예브게니 오네긴』 완결, 일련의 짧은

비극(『인색한 기사』『모짜르트와 살리예리』『돌 손님』『페스트 때의 주연』『죽은 이반 페트로비치 벨킨의 이야기』 창작. 많은 시작과 『사제와 그의 머슴 발드 이야기』, 미완의 『고류히노 마을 이야기』를 씀.

1831. 2. 18　N. 곤차로바와 결혼함.

1831. 2. 18 ~5. 15　아내와 함께 아르바트의 N. 히트로보의 집에서 삶

1831. 5. 25 ~10. 20　싸르스코예 셀로의 A. 키타예바야의 별장에서 아내와 함께 지냄.

1831　페테르부르그로 옮겨옴. 외무부에서 십등문관으로 다시 근무함.

1832. 4　드라마 『루살카』 집필.

1832. 10　중편소설 『두브로프스키』 집필함.

1833. 8. 18 ~9. 30　18세기 농민봉기가 있었던 곳인 포볼쥐예와 남南우랄에 감.

1833　중편소설 『대위의 딸』 집필 시작.

1833. 10. 1 ~11　볼지노에서 서사시 『청동의 기사』『어부와 물고기 이야기』, 중편소설 『스페이드의 여왕』 집필함.

1833. 12　니콜라이 1세, 푸쉬킨에게 궁정의 축일에 참석해야할 의무를 지우는 시종보侍從補의 관위를 줌.

1834　여름 관위의 사양을 시도, 황제의 불만을 삼. 처제들인 예카테리나와 알렉산드라가 칼루가 근교의 폴로트냐이 자보드에서 페테르부르그로 옮겨와 푸쉬킨의 집에서 삶.

1834.　가을 볼지노에서 『황금닭 이야기』 집필. 일련의 소유지 경영문제 해결. 12월 『푸가쵸프사(史)』 출간.

1836	잡지 《동시대인》 발행. 제4호를 냄. 《동시대인》지에 『대위의 딸』 발표. N. 고골리, 《동시대인》지에 동인으로 참가함.
1836. 11. 4	자기를 아내에게 배신당한 남편이라고 일컫는 익명의 비방하는 글을 우편으로 받음. 동시에 그의 몇몇 벗들도 푸쉬킨에게 전언하라는 말을 담은 이중봉투에 든 같은 내용의 편지를 받음. 시인은 비방하는 글이 당테스를 양자로 삼고 있던 네델란드 대사 헥케른에게서 나온 것임을 확신함. 같은 날 푸쉬킨은 당테스에게 결투를 청함.
1836. 11. 21	당테스와 처제 예카테리나 곤챠로바와의 예기치 않은 약혼으로 결투를 자제함.
1836. 11. 23	주코프스키의 청원으로 니콜라이 1세, 푸쉬킨에게 아니치코프이 궁에서 알현을 허용.
1837. 1. 10	당테스와 예카테리나 곤챠로바 결혼. 푸쉬킨, 결혼식에 불참. 푸쉬킨의 아내에 대한 당테스의 치근거림 계속됨.
1837. 1. 26	시인은 '뚜쟁이', '음해자' L. 헥케른 남작에게 신랄한 편지를 띄워 결투가 불가피하게 됨. 공적인 신분때문에 헥케른이 결투에서 서로 총질을 할 수 없었으므로 당테스가 결투신청을 받아들임.
1837. 1. 27	푸쉬킨과 당테스, 페테르부르그 변두리 쵸르나야 천川에서 결투. 푸쉬킨, 치명상을 입음.
1837. 1. 29	극심한 고통 속에서 모이카 해안로의 한 건물 자기 주거에서 죽음.
1837. 2. 6	스뱌토고르스키 수도원(지금의 프스코프 주 푸쉬킨스키예 고르이) 교회 성당 앞에 묻힘.

삶이 그대를 속일지라도

초판 1쇄 | 2009년 6월 22일
개정판 1쇄 | 2020년 3월 23일

지은이 | 알렉산드르 세르게예비치 푸쉬킨
옮긴이 | 박형규
표지 디자인 | 임나탈리야 본문 디자인 | 김진경
펴낸곳 | 도서출판 써네스트 펴낸이 | 강완구
출판등록 | 2005년 7월 13일 제 313-2005-000149호
주소 | 서울시 마포구 망원로 94, 2층
전화 | 02-332-9384 팩스 | 0303-0006-9384
e-mail | sunestbooks@yahoo.co.kr
홈페이지 | www.sunest.co.kr
Facebook | 써네스트

값 12,000원
ISBN 979-11-90631-03-7 03890

이 도서의 국립중앙도서관 출판사도서목록(CIP)은 e-CIP 홈페이지(http://www.nl.go.kr/ecip)에서 이용하실 수 있습니다. (CIP제어번호 : CIP2020010892)